어떤 모습일지라도 삶은 좋은 것이다.

괴테

Romance Sketch

살아 있는 것이 행복이다

장 도르메송

김은경 옮김

동문선

Jean D'Ormesson

C'ÉTAIT BIEN

나는 삶을 한 여자처럼 사랑했다. 일을 위한 시간을 거기 투자했다. 거기에 너무나 많은 시간을 보냈다고 말할 수도 있다. 삶에 대한 염려는 하지 말아야겠지만, 그 삶을 채우고 그 삶에 고귀함과 의미를 주는 것에 대해서는 관심을 가져야만 하지 않을까?

지금은 후회가 되는 바이지만, 삶으로 어떤 예술 작품과 유사한 뭔가 눈부시고 알찬 것을 만들고 싶어했다. 훗날 각 개인의 삶은 다른 사람들의 삶이 있기에 가치가 있는 것임을 나는 확신하게 되었다. 오랫동안 나 자신은 내 삶과만 춤을 추었고, 손에 손을 잡고서 어디든 함께 다녔다.

차 례

7

살아 있는 것이 행복이다

행복에 대한 이야기

행복에 대한 이야기를 쓰는 걸 자주 생각했다. 행복은 무엇인가? 우리는 행복한가? 행복과 건강, 행복과 지식, 행복과 권력, 행복과 돈, 행복과 의무.

행복이라는 젊은이는
　　　춤을 추고 싶어했지만,
명예라는 젊은이는
　　　그냥 지나치길 바랐다.

행복이 가장 지고한 것인가? 기대할 만한 또 다른 것이 있지 않을까? 행복을 경멸해야 하는가? 행복의 보잘것없음에 대해서 말이다. 쾌락과 기쁨 사이에 행복이 있다. 쾌락은 엄습하듯이 다가온다면, 행복은 잔잔한 바다와 같이 오고, 기쁨은

솟아나듯이 온다. 세 가지 중의 제일은 가장 멀리 가장 높이 올라가게 하면서 형이상학적인 차원을 제공하는 기쁨이다.

행복과 과거, 행복과 미래. 일정한 시점에서 보면 남들보다 더 행복한 사람들이 분명히 있다. 서로 다른 두 시점에서 사람들이 가진 행복에 대한 이미지를 비교해 볼 수 있을까? 고대 그리스의 농부, 코르테스와 피사로 이전의 케추아족이나 마야인, 칼리프 시대의 바그다드 염색업자는 자동차와 노트북·텔레비전을 끼고 사는 우리 시대의 교수나 택배 기사, 회사의 고위 간부보다 더 행복했을까, 덜 행복했을까?

그 질문에는 정답도 없고, 어떤 의미도 없다. 아마도 역설적으로 말한 것이겠지만, 올더스 헉슬리는 극단적으로 상반되어 있고 각각 행복과 불행의 운명이 따로 있는 서로 다른 삶들 사이에 결국에 가서는 어떤 균형이 이루어진다고 주장했다. 그런 균형에 대해 의심이 갈 수 있다.

행복에는 불의가 있기도 하다. 또한 애매하고 불확실한 것이 있다. 행복한 사람들에게는 그들만의 슬픔은 없는 것인지, 또 불행의 은총이란 게 없는 것인지 자문하게도 된다. 행복 자체가 현재 속에서는 스스로 숨어 버리고, 대부분 허상이긴 하지만 미래를 소망하는 가운데, 또 좋든 씁쓸하든 과거를 추억으로 회상하는 가운데 행복이 더욱 생생해진다는 건 있을 법한 이야기이다.

과학은 우리에게 행복을 가져다 주지 않는다. 약이 환자가 질병과 싸우는 것을 돕는 것처럼 과학은 우리로 하여금 흔히 불행을 수반하는 고통과 싸우도록 도움을 줄 뿐이다. 스탕달에게 있어서 아름다움이 그랬던 것처럼, 우리에게 있어서 돈이 그런 것처럼, 과학은 행복 자체라기보다는 차라리 행복에 관한 약속이다. 과학은 우리에게 유익한 무기이기도 하고, 우리를 해치는 데 사용될 수도 있는 무기이기도 하다.

인간이 발명한 모든 것들은 언제나 양면성을 갖는다. 부자들의 주장과는 달리 돈만으로 가난한 사람들이 행복해질 수 있다. 가난한 사람들의 생각과는 달리 돈만으로는 부자들이 행복해질 수 없다. 과학은 반역자의 혈통을 타고났다. 왜냐하면 과학은, 그 태생은 희망의 진영에 속하면서도 공포의 진영으로 옮아가고 있기 때문이다.

사는 것만으로는 충분치 않다

바흐와 모차르트는 자신들이 느끼는 기쁨을 표현하기 위해서 칸타타와 오페라 곡들을 작곡했는지도 모른다. 화가들은 세상이 아름다워서 그림을 그렸는지도 모른다. 그런데 작가들은 자신들의 괴로움 때문에 글을 쓰게 된다고 나는 생각한다. 세상과 사람들의 마음에 고통이 있기 때문에 책들이 쓰여진다고 믿는다. 이야깃거리가 없다면 아무도 글을 쓰지 않을 것이다. 그리고 이야깃거리의 동인은 바로 고통이다.

내가 쓴 나의 책들은 전부 다 어떤 괴로움에서 나왔다. 물론 나는 행복했다. 그러나 침묵할 정도로 충분히 행복하지는 않았다. "문학은 사는 것만으로는 충분치 않다는 증거"라고 페소아는 쓰고 있다. 무엇인가 결핍된 것처럼 나는 느꼈다. 어떤 고통이 나를 부추겼다. 그 고통은 나를 내 자신으로부터 벗어나게 했다. 타인들을 향해, 내 자신을 향해 항의하기 위해서 나는 글을 썼다. 마음의 괴로움을 문법의 도움을 받아 약간의 행복으로 변화시키기 위해 글을 썼다.

마음의 괴로움은 많은 가면들을 쓰고 있었다. 여인의 얼굴들. 시대적인 불행이 우리로 하여금 떠나게 한 크고 오래된 성채의 모습. 너무도 아름답고 너무도 슬퍼서 눈물의 축제처럼 보이는 이 세상의 고통. 나는 글을 썼다. 언제나 그것은 내가 보다 다른 것을 꿈꾸기 때문이었고, 보잘것없는 나 자신을 위로하기 위해서였다. 내 존재는 나 자신에게는 너무나 커서 힘에 겨웠다.

내가 겪은 괴로움들은 지구상에서 그렇게도 많은 남녀의 삶을 파멸시키는 불행과는 거리가 멀었다. 나와는 거의 관계 없이 멀리서 벌어진 전쟁으로 인한 몇몇 경우를 제외하고는 나는 결코 배고픔을 겪지 않았다. 나에게는 항상 머무를 집이 있었다. 내 주변에는 항상 책들과 음악, 그리고 좋고 아름다운 것들과, 무엇보다 친구들이 있었다. 아버지가 돌아가시는 모습과, 이어서 어머니가 돌아가시는 모습을 지켜보았다. 그 죽음은 그분들과 아주 밀접하게 결속되어 있던 나에게는 가슴이 찢어지는 아픔이었다. 하지만 결국 그 고통은 정해진 법칙에 의한 것이었다.

나의 괴로움들은 필요 이상으로 넘치는 것과 불가피한 것

사이에서 맴돌았다. 그것이 실제적이지 않을 수 없는 것이, 인간은 물질적인 가난만큼이나 절망이나 사랑으로도 죽는다는 것이 사실이기 때문이다. "현실의 일들과 단절된다는 것은 아무것도 아니다. 하지만 추억과 단절된다는 것은… 꿈들이 사라지는 것은 가슴을 무너지게 한다"고 샤토브리앙은 쓰고 있다.

　어찌 보면 나는 생각보다 더 마음이 여렸던 듯하다. 왜냐하면 내가 쓴 책들은 많은 경우 꿈들이 사라질 때 나왔기 때문이다.

아! 글을 쓴다고요...?

내가 그렇게도 사랑하는 이 삶 가운데서 나는 정작 무엇을 사랑하였나? 이 질문은 바보로 체념하고 살지 않는 이상 우리 각자가 언젠가는 자신에게 스스로 물어보아야 할 질문이다. 모든 삶 속에는 적어도 두 가지 물음이 있고, 그건 약간은 고통스러운 것이다. 첫번째 물음은 시작할 무렵에 생긴다. "무엇을 할 것인가?" 그 물음은 나에게는 눈물이 날 정도로 고통스러운 것이었다. 두번째 물음은 말년에 이르러 생긴다. "나는 무엇을 하였는가?"

이 두번째 질문에 대하여, 내게 먼 친척뻘인 한 아저씨가 임종 무렵 그 머리맡에 있는 기병대 대위였던 할아버지에게 이렇게 중얼거렸다 한다. "자크, 나는 아주 잘 먹고 지냈다네." 그러고서 그는 영원의 길로 떠났다. 지드와 프루스트와 발레리와 클로델과 아라공과 셀린의 출판자인 가스통 갈리마르는 "해수욕과 여자들과 책들"이라고 답하였다. 그의 대답을 나는 자주 인용했다.

나도 그 대답을 그 순서 그대로 내 대답으로 기꺼이 삼고 싶다. 나 역시 책들을 무척이나 좋아했다. 그래서 나는 책들을 열정적으로 읽는 것으로 시작하였다가, 거의 의식하지 못한 채 쓰는 것으로 마쳤다. 나는 무엇을 하였는가? 일을 했다. 잘은 모르겠지만, 내가 실제로 고백하였던 것보다 나 자신 속에 남몰래 더 큰 야심을 품고 있었던 것 같다.

"아! 글을 쓴다고요…?" 음… 그러니까… 글쎄, 그렇지, 글을 써왔다. 감추고 싶은 그런 감정도 있고, 일종의 창피한 느낌도 따르고, 충만감과 부족감이 뒤섞여 있는 것이 아주 고통스러우리만큼 선명하게 의식되어지는 듯하다. 나는 글을 쓰는 의미를 알기 위해서 세네카와 몽테뉴와 생시몽, 그리고 프루스트의 글들을 많이 읽었다. 그리고 나 자신도 놀랄 만큼 고통을 겪으면서 더듬더듬 몇 마디를 늘어놓기 위해 얼굴이 빨개진 채 피땀어린 노력을 하였다. "누군가 나더러 즐겁게 글을 쓴다고 하니 놀랍기만 하다!"

사무실에서도 최소한의 일만 하고, 퇴근 후의 저녁나절에도 일요일과 공휴일에도 글을 썼다. 여름에는 이곳저곳의 섬들에서, 불타는 태양 아래서도 바다에 몸을 던져 그 모든 것들이 사라져 버리기 전까지 나의 작업은 계속되었다.

그후 먼저는 고전적으로 철학에 상당한 열정을 쏟고 나서, 후에는 현대적으로 국제 회의장 복도에서 서성거리며 지내고 난 뒤 일간지를 운영하였다. 그리고 파트 타임 작가였던 나는 늦게나마 무엇인가로 변화되어 보려고 전업 작가가 되었다. 하나의 위기를 벗어나려다가 또 다른 위기를 만난 셈이었다. 감히 꿈도 못 꾸었던 천국의 빛깔로 채색한 도형장으로 들어간 셈이었다.

내가 하고 싶었던 것

있지도 않은 독창적인 것을 찾으려고 혈안이 된 전기 작가들과 기자들이 으레 질문하는 것들 가운데 메트로놈처럼 규칙적으로 돌아오는 질문이 하나 있다. "어린 시절, 장차 커서 무엇이 되고 싶었습니까?"

내가 되고 싶었던 것이라? 나는 아주 명확하게, 당혹스러울 정도로 정확하게 기억하고 있다. 그것은 내가 거기에 대하여 아무 생각이 없었다는 것이다. 그냥 삶을 영위하고 싶었고, 사람들이 그렇게 나를 가만히 내버려두길 바랐을 뿐이다.

삶은 미치도록 나를 기쁘게 하였지만, 어떤 삶을 영위하여야 할지 나는 알지 못했다. 다른 사람들처럼 소방관이나 간호사나 군인이나 은행가가 되고 싶지 않았다. 착한 사람으로 머물고 싶지도 않았고, 나쁜 사람으로도 머물고 싶지 않았다. 권력은 나에게 흥미를 주지 못했다. 명예도 그러했고, 돈은 더욱더 그러했다.

모든 것들이 다 어느 정도 유사하게 보였다. 나는 열정적인 초연함으로 그냥 시간이 흘러가는 것을 보고 싶어했으며, 그것이 장래 내가 걸어갈 길의 유일한 전조였다. 그런 가운데 나는 전혀, 아무것도 하지 않겠다는 주체할 수 없는 욕망에 사로잡혔다. 실제로 글쓰기를 시작하기 전에는 내가 글을 쓰리라는 생각 따윈 전혀 해보질 않았다. 원래 파스칼적 성향이 강했던 내가 가장 좋아하였던 것은, 어떤 오락도 멀리한 채 다른 이들이 쓴 책을 손에 쥐고서 별 볼 일 없는 것들을 상상하며 방구석에 처박혀 가만히 지내는 것이었다.

또래의 다른 아이들보다 내가 더 게을러서 그러했다고는 생각지 않는다. 오히려 내 마음속에는 나의 본능적인 무사태평주의를 배격하고, 내 어린 친구들보다 더욱 열심히 공부하도록 강요하는 불분명하고 달갑지 않은 어떤 심리적인 힘이 내재해 있었다. 문제의 요점은, 사람들이 말하듯 한 가지 직업을 선택해야 한다는 생각만으로도 내가 끔찍해하였다는 사실이다.

다른 길 말고 한 길을 간다는 것, 도지사나 화학자가 된다는 것, 한 사무실이나 작업실에 안주한다는 것이 내게는 참을 수 없는 일이었다. 어떤 선택을 하건, 그것이 내게는 자살 행위로 보였다. 어릴 적부터 현재에 사는 것 자체가 너무나 행복했기에 미래를 위해서 한 길을 선택하고 다른 길들은 다 멀리할 수가 없었다. 세계 위를 떠다니며 장래로 연결되는 모든 문들을 다 열어놓고 싶어했다. 그것이 바람직한 해결책이 아님을 나는 알고 있었다. 분수를 지켜 행동을 개시해서 그냥 한 길을 택하든가, 혹은 마지막에 가서 아무 길이라도 택하든가 해서 결연한 자세로 끝까지 밀고 나갔어야 했다.

그때는 그렇게 해서 한 남자가 되는 것으로 여겨졌던 듯하다. 한 남자가 되기 위해서 해야 할 일을 하고자 하는 욕망이 내게 있었던가? 시대의 요구에 따라 한 입장만을 취하고, 다른 것들은 거부하고 싶었는가? 그러한 맹목적인 용기는 내 능력 밖이었다.

모든 것이 내게는 가능해 보였다. 어느것도 필연적으로 보이지 않았다. 그 어느것도 그밖의 다른 것들보다 더 나를 특별히 사로잡지 않았다. 외과의나 추기경이나 오케스트라의 지휘자가 된 내 모습을 종종 상상해 보았다. 그러나 어머니에게 받았던 피아노 교습은 늘 비극으로 끝났고, 조금만 피가 나도 기절 지경까지 이르렀으며, 유년 시절부터 선과 악의 개념은 고작 몽상하는 것 외에는 쓸모가 없던 내 머릿속에서 온갖 마귀들이 요란 법석을 떨게 하였을 뿐이었다. 법률과 행정·사업·재정 등은 아예 논외였다. 권태로이 지내는 데도 한계가 있다. 돈을 벌어 먹고 살아야 하는 문제는 나를 격분케 했다.

　　내가 도둑이나 코미디언이 될 수도 있지 않았을까?《아르센 뤼팽의 모험담》《프라카스 대위》《시라노 드 베르즈락》《보물섬》《게으름뱅이》와 같이 내가 즐겨 읽던 책들은 오히려 그런 방향으로 내 구미를 당겼다. 그러나 무엇보다 나를 기쁘게 하였던 것은 세상을 좀더 알게 되었다는 사실이다. 나는 바다를 조금 알게 되었고, 벌써부터 태양을 무척이나 좋아하게 되었다. 내 꿈들은 완전한 허무와 완전한 충만 사이에서 오락가락하고 있었다. 그 꿈들은 너무나 막연했기에 현실감을 조금 되찾기 위한 노력의 일환으로 글을 쓰는 것 이외에는 아무것도 할 수 없는 날들이 오고야 말았다.

세상이 주는 현기증

　가장 행복하지 못했던 시절은 스무 살 무렵이었다. 그것은 아주 단순한 이유 때문이었는데, 도무지 내가 무얼 해야 할지를 몰랐다. 세상은 나를 현기증 나게 했다. 나는 세상을 미칠 정도로 좋아했고, 동시에 세상을 하나도 이해하지 못했다. 모든 것이 내 머릿속에, 감정과 생각 속에 뒤엉겨 있었다.

　이전에는 어머니의 치마폭에서, 아버지와 함께 주변 세상에서 나 혼자였으므로 나는 항상 첫째였다. 형은 바칼로레아 준비학교에서 난로 뒷자리를 지키고 있었고, 나는 어머니 아버지와 살면서 입시준비반과 울름가의 에콜 문을 두드리기까지 공부했던 그 시절은 감미로움 그 자체였다. 아직도 그 행복했던 청소년 시절을 여전히 살고 있는 것 같기도 하다. 그후에도 그 편안하고 안락한 자리에 틀어박혀 잠을 자거나, 여전히 몽롱한 상태에서 대부분 쓸데없는 자잘한 일들을 끄적거리며 시간을 보내곤 했다. 때로 700쪽에 이르는 분량도 있었지만, 그 일은 언제나 견딜 만한 일이었다. 좀더 시간이 흐른 후인 지금에 와서는, 파리 12개 구역 민들의 반쯤 되는 인파와 나를 세계적인 명사로 알고 있는 내 고향 지방에 사는 사람들의 환호를 받으면서 내가 일을 마쳤거나 마친 것 같을 때면 그 감미로움이 다시 날 찾아오곤 한다. 그러나 내 스무 살 시절엔 그러한 승리가 너무나 불확실하여 생각보다 그리 즐겁게 보내질 못하였다.

아첨꾼 같은 자들에 의해서 너무도 가볍게 예외적인 존재로 치켜세워지는 젊은이들에게 내가 충고할 말이 있다면, 그것은 그들의 젊음과 그 젊음의 고뇌를 인내로 견뎌서 그것들이 지나갈 때까지 기다리라는 것이다. 젊음은 인생 자체가 그런 것처럼 불안정한 시절이며, 회복해야 할 질병이며, 부패할 식품과 같은 것이다. 그것은 한순간의 걱정거리이며, 지나가는 시험거리인 것이다. 용기를 가지기를! 그것은 항상 지나가기 마련이다.

어떤 방식이로든 젊음은 몇몇 굴곡을 겪은 뒤에 결국·노화나 죽음으로 마치게 된다. 때로는 그 두 가지가 한꺼번에 오기도 한다.

커다란 즐거움

　나는 거의 생각하지 않는다. 생각할 때라도 무엇에 대하여 생각하진 않는다. 어쩌면 의견을 가지고 있는지조차 확신할 수 없다. 다른 사람들이 나에 반하여 옳지 않을까 자주 자문하곤 한다. 내가 아는 유일한 것은 세계는 하나의 비밀이고, 우리는 하나의 수수께끼라는 것이다. 그 비밀이 언제쯤 밝혀질지, 그 수수께끼의 열쇠가 어디에 감추어져 있는지 알지 못한다. 하지만 하나의 수수께끼가 있고, 하나의 비밀이 있다.

　세계는 지키는 사람이 없는 비밀이며, 해답이 없는 수수께끼일는지도 모른다. 반대로 비밀을 지키는 사람이 있고, 그 수수께끼에 정답이 있을는지도 모른다. 불합리하든 신비하든 간에 세계는 우리에게 문제 하나를 부여한다. 헛된 겉모양으로 우리가 만족하고 끝을 내는 것은 불가능하다. 만족하는 것은 금지되어 있다.

삶에서 내가 성공한 점이 있다면 그것은 세상에 경의를 표하고, 그 아름다움을 축복하고, 그것이 주는 쾌락들을 즐긴 것이다. 그리고 세상이 내게 속삭이는 것을 이해하려고 노력한 것으로, 결국은 실패로 끝나게 되지만 말이다. 왜냐하면 아주 찬란하게 빛나는 영광은 사람들에게, 적어도 나에게는 주어지지 않기 때문이다.

자, 결국 아주 오랫동안 주저하고 난 후 내 아버지에게 말하려고 그렇게도 애쓴 바 내가 하고 싶은 일이란 삶을 사랑하는 것, 세계를 이해하는 것이었다. 그것은 상당히 괜찮은 일이다. 그리고 아주 버거운 일이기도 하다. 내 능력보다 더 큰 용기와 지혜를 필요로 하는 것인지도 모른다.

적어도 나는 이전에 사랑했던 많은 것들을 무시하고, 그것들을, 무엇보다 나 자신을 경멸하는 것을 배웠다. 세계를 외적으로 나타나는 현상으로 이해하는 사람들에게는 엄숙하고 심각한 분위기가 있다. 그들을 바라보며 그 하는 말들을 들어 보라. 그들은 지루해서 죽을 지경이다.

즐거움, 커다란 즐거움은 조금 더 너머에 있다. 그 비밀과 그 수수께끼는 삶을 아주 재미있게 만든다.

벌써 저들은 다시 시작하고 있군

〈뉴요커〉라는 신문은 가끔 잊을 수 없는 소묘들을 내놓곤 하였다. 한번은 절벽께에 앉아 있는 두 마리의 일각수가 온갖 것 위로 몰아치는 물결들 위에 노아의 방주가 떠서 멀어져 가는 것을 절망적으로 바라보는 그림이 실렸다. 또한 놀란 스키어가 자신이 눈 속에 남긴 자취들을 찾아 뒤돌아가며, 홀로 떨어져 있는 큰 나무의 양쪽을 지나가는 그림도 있었다.

아마 같은 신문에 실렸던 것으로, 나는 그 시기의 나에게 충격적이었던 그림 하나를 기억한다. 폭탄이 떨어져 끔찍이도 황폐한 곳을 배경으로 너덜너덜한 옷차림에 텁수룩한 수염을 한 두 남자가 원시인처럼 두 개의 나무 막대기를 비벼서 불을 피우려 애쓰고 있고, 세번째 남자가 그 둘을 지켜보며 다섯 마디 말을 내뱉는다. "벌써 저들은 다시 시작하고 있군." 최후의 한 사람이라도 남아 있는 한 인간은 다시 시작할 것이다.

　　그런데 지구 전체가 폭발해 버린다면? 나는 지구가 폭발하지 않으리라는 걸 믿는다. 200년 후에, 아니 더 시간이 흐른 뒤에 우리는 알게 될 것이다. 지구는 폭발할 수 있다. 그런데 지구는 폭발하지 않을 것이다. 왜? 시간이 다하지 않았기 때문이다.

　　사람들은 자신들의 놀라운 모험을 다하지 않았다. 그들은 아직도 많은 기쁨과 공포와 천재성과 즉흥성을 가지고 있다. 그리고 기발한 것을 아주 흔한 것으로 변화시키는 능력이 아직도 남아 있다.

더 높이 노래 부르기

삶을 다시금 살 수가 있다면, 아니 삶을 다시 살아야만 한다면 삶에서 나는 무엇을 바꾸고 싶을까? 별다른 것은 없다. 스피노자는 후회는 두번째로 잘못을 저지르는 것이라고 말하였다. 나는 똑같은 실수들과 같은 어리석음들을 범하고 말 것이다. 하지만 나는 조금 더 깊은 숨을 들이쉬려고 노력할 것이다. 나는 아주 행복했다. 그런데 그 정도가 어쩌면 조금 낮은 것이 아니었나 싶다. 만족한 적이 별로 없다. 나에 대한 확신이 없었다. 온유한 겸손이나, 혹은 용기 부족으로 고의로 죄를 짓기도 하였다. 아마도 그 두 가지가 다 섞여서 그러하였을 수도 있다.

나는 회한에 잠긴다. 조금 더 잘하여야 했었다. 조금 더 위를 바라보아야 했었다. 조금 더 즐겨야 했었다. 조금 더 일하여야 했었다. 수년 전 《프랑스 문학의 또 다른 이야기》라는 책을 썼었다. 나는 되풀이해서 그 책에 대해 그것은 내 지식에서 나온 것이 아니며, 내 무지에서 나온 것이라고 언급하였다. 나는 이론을 공표하지 않았고, 내가 발견한 것들을 나누었을 뿐이다. 거기에 대해 많은 이들이 그 말을 환심을 사기 위한 것이라든가, 거짓 겸손이라고 믿었다. 그러나 나는 내가 할 수 있는 것을 하였을 뿐이다. 놓친 시간을 다시 잡으려고 하였다. 나는 아는 게 별로 없다.

나는 나의 게으름을 원망한다. 이 세상의 아름다움을 너무도 적게 누렸다. 나는 꽃들 속에서 그다지 많이 올라가지 않는 길들을 따라갔다. 조금 더 넓게, 조금 더 올라가야 했었다. 어디를 향하여 올라가야 했는가? 나도 모른다. 어쨌든 조금 더 높게 노래를 불러야 했었다. 조금 더 높게 말이다.

우리는 금송아지도 돌아보지 말아야 했다. 그 금송아지상은 우리가 가진 모든 하찮은 근심거리들 위에 세워져 있다. 그 금송아지는 곧 행복이라 불린다. 오늘날엔 언제 어디서나 모든 사람들이 행복해지기를 원한다. 나 역시 행복이라는 애매하고도 조금은 편협한 관념을 좇아다녔다. 코르네유와 랭보와 페기와 몽테를랑과, 그리고 다른 많은 이들이 또 다른 이유로 해서 우리를 밑으로 잡아당기는 이 행복을 경계했다. 마르그리트 유르스나르의 책에서 마리 마들렌은 자신에게서 하찮은 행복을 앗아간 것을 그리스도에게 감사한다.

행복하다는 것은 얼마나 무미건조한 것인가! 샤토브리앙은 《죽음 저편의 회상》에서 이같이 쓰고 있다. "크고 자비하신 신께서 우리로 하여금 하찮은 고통이나 비천한 행복들을 겪게 하려고 이 땅에 보내신 것은 아닐 터이다!"

우리는 왜 이곳에 사는가? 두 가지 대답이 있는데, 그 대답에 따라서 나는 두 가지 태도를 취하였다. 첫번째 대답은, 가능한 한 어떤 방법으로라도 존재의 기쁨을 최대한으로 누리기 위해서라는 것이다. 두번째 대답은 타인들에게도, 조금 더 넓은 의미로 우리 아이들과 이웃들, 친구들, 동료들, 동포들, 외국인들, 그리고 아마 우리의 적들도 포함해서 모든 이들에게도 삶의 기쁨을 더 많이 누릴 수 있도록 하기 위해서라는 것이다. 모든 심리학이며 모든 윤리학, 모든 형이상학, 기독교인들과 사회주의자들과 또 다른 많은 이들이 진보를 위해서 만든 모든 다른 사상들 역시 이 둘 중의 하나를 선택한 데 기인한다.

두 가지 태도들 사이에 모순이 있다고 생각지 않는다. 남의 일에 상관하지 않는 자칭 에고이스트들보다 남들을 배려하는 것이 직업이지만 실제로는 자신의 자리를 배려하는 이들을 나는 훨씬 더 경계한다. 나 자신은 에고이스트 범주에 속한다고 본다. 자기가 만든 사상을 이 세상에 받아들이게 하려는 이들이 얼마나 많은 불행을 우리에게 가져오는가!

편협한 지식인들이며 처방들을 내놓는 사람들, 이상주의에 따라 의무적으로 거짓말을 하고 신념으로 인해서, 혹은 영혼의 고귀함을 지킨다는 목적으로 살인하는 이들을 나는 혐오한다. 그들보다는 자신의 쾌락만을 좇는 이들을 나는 훨씬 더 좋아한다. 많은 고통과 많은 수고를 수반하여 얻어진 그들의 쾌락이 다른 이들에게까지 전파되고, 또 세상에 그 아름다움을 보태는 이들을 나는 존경한다. 우리는 그들에게 이름 하나를 붙이는데, 그 이름은 언제나 나를 미소짓게 만든다. 그들은 예술가라고 불린다.

예술가보다 위대한 이들도 있다. 블루아는 말한다. 나날의 삶 속에서 감당할 수 없는 유일한 슬픔은 성인(聖人)이 되지 못한다는 사실이다.

주의 최후 심판 날에, 그게 확실한 보장이 될 것인가?

모든 것을, 그 원인과 결과를 알았다는 점이,

모든 것을 다 이해했다는 점이, 심판관에게 충분할 것인가?

우리가 무엇을 하였는가만 돌아보는 그에게

성인들은 누구에게도, 또한 아무것도 강요하지 않는다. 그들은 자기 자신들에게 모든 것을 부담시킨다. 잘난 체하지 말자. 성인이 되기에는 많은 것들이 요구된다. 어쨌든 나 자신에게는 너무 많다. 정말로! 성인도 아니고, 영웅도 아니고, 예술가도 아니고, 사실대로 말하면 아무것도 아니다.

나의 유일한 욕심은 웃으면서 조금 명랑하게 약간의 이 행복을 함께 누리는 것이었다. 이 행복에는 세상이 가끔씩 보태주는 슬픔도 곁들여 있다. 결코 다른 것을 나는 원하지 않았다. 그럭저럭 각자 자신이 할 수 있는 것을 하는 것이다. 그것이 이 책의 목적이다.

천진난만한 아이

　내가 세상에서 가장 좋아했던 것은 아무래도 삶이라 해야겠다. 거룩한 성인이 못되는 나에게는 나의 삶이 제일 우선이었음은 물론이다. 무로부터 생겨나서 이곳 인간 세계에 온 것에 대해 비탄을 금치 못하는 성경의 전도서 기자와, 수많은 시인들이며 철학자들과는 달리 나는 여기서 사는 것이 기쁨이었다.

　몽테스키외는 말한다. "내밀한 기쁨과 함께 아침결 나는 잠에서 깬다. 황홀한 느낌으로 햇빛을 바라본다. 하루의 나머지 시간들도 나는 행복하리라." 나 역시 그러했다. 나는 아침나절과 해와 햇빛을 무척이나 좋아했다. 그리고 자기만의 비밀을 간직한 듯한 저녁 시간, 밤 시간도 좋아했다. 하루의 경이로움과 흥분이 잦아든 후, 나는 기분 좋은 침묵의 무아 상태로 빠져들곤 하였다. 나는 잠자는 것을 무척 좋아했다. 그리고 깨어나는 것과 숲 속이며 바닷가를 산책하는 것도 좋아했다.

아무런 수고도 없이, 그 어떤 이유도 없이 하늘에서 갑작스레 떨어진 듯한 이러한 행복에 대하여 누구에게 감사를 드려야 할지 모르면서도 나는 기꺼이 감사한 마음으로 그것들을 받아들였다. 나는 어느곳보다도 흥망성쇠의 부침이 있는 이 세계에서 사는 것이 오히려 더 좋았다.

이러한 나의 태도에는 일종의 모험심이 어려 있다. 당시 사람들에게는 이러한 삶의 태도가 그다지 널리 전파되어 있지 않았다. 그들은 오만한 모습을 보이면서 부정하거나 거부하는 태도를 견지해 왔다. 시대 상황이 어두웠었기에 사람들이 삶을 어둡게 보는 데는 이해할 수 있는 동기나 이유가 있었다.

때로 나에게 머무는 그들의 시선 속에서, 나는 그들보다 덜 어두운 빛깔로 삶을 채색하는 나의 고집스런 태도에 대하여 경멸하는 어두운 그림자를 보곤 하였다. 그들은 나의 태도가 자신들의 존재 방식과는 엄청나게 단절되어 있음을 보았고, 그것을 나의 어리석음과 안이함으로 해석하곤 했다.

경멸이란 말은 어쩌면 너무 과한 것이 아닐까. 그들은 얼핏 듣기에도 교만에 가까운 관대함으로 차라리 비난이다 싶은 경탄의 말들을 내뱉듯이 쏟아내고는 하였다. "아 그래, 저 친구 정말 명랑하고, 정말 매력적이군." 그러한 이들이여, 남의 일일랑 제발 상관하지 말아 주기를! 내가 아주 강렬하게 느끼는, 이 세상에서 살아간다는 것 자체만의 행복을 그들은 정말로 잘 이해하지 못했다.

　나는 장기판 위에서 조금 내버려진 듯한 칸을 차지했다. 그 칸은 다른 이들이 망설이다가 당하는 그런 곳이었다. 올바른 방식은 아니었다. 원래 하는 대로 하지를 않았다. 그런데도 그들은 요란한 소리를 내며, 슬프고 고독한 자신들의 처지를 한탄하면서 눈물을 흘렸다. 그러나 나는 행복했기에 얼간이의 역이나, 천진난만한 아이나 악한의 역을 감내했다.

　이 세상에는 수많은 고난이 있었다. 피를 철철 흘리는 유혈 사태가 일어났고, 어머니들은 잿더미 속에서 자신들의 아이를 찾아야만 했다. 인간은 어쩌면 그 자신의 천재적인 능력의 희생자가 되어 멸종할는지도 몰랐다. 그렇게 인간은 갖은 일들을 겪으며, 그리고 끊임없이 고통을 받아왔다. 그렇다면 나는 그 사실을 몰랐단 말인가? 꼬리를 물고 이어지는 경악스러운 사건들, 또 언제 돌발할지 모르는 재난들이 늘 가까이 있긴 하였지만, 거기에는 장미꽃들도 있었고, 매일의 시간 속엔 비단결같이 부드러운 순간들도 있었다. 성격이 까다로운 노인들에게도 연애의 추억과, 사랑하는 자녀와 읽고 보고 듣기에 좋았던 것과 먹고 마시기에 좋았던 것과 붉고 검은 무늬의 활기찬 무당벌레와 사람의 친구인 돌고래와 산 위의 눈과 파란 바다 위의 섬에 대한 추억들이 남아 있다.

　　나는 슬퍼하고 부정하기보다는 웃고 긍정적으로 받아들였다. 경멸하거나 저주하기보다는 칭찬과 감탄하기를 택했다. 나는 예외적인 존재였다. 얼마나 운이 좋았던가! 조금은 상식과 다른, 예외적인 존재에게는 늘 유리한 혜택이 주어지는 법이다.

토끼처럼 당근으로 연명한 시절

　내 삶의 첫출발이 아주 순조로웠던 것은 아니다. 후에 나 자신에 대해 전하여진 이야기들을 돌이켜 보면, 나는 발육이 조금 늦은 편이었다. 사망 선고까지 받은 허약한 아기였던 나는 아주 어렵사리 회복되었다고 한다. 또 우유를 마시면 몸에 큰 탈이 나고는 했다. 나는 우유를 감당하지 못했다. 내가 태어난 후의 몇 주간은 어머니에게 고문이었다. 나는 토끼처럼 당근 주스로 연명하여야 했다. 생각건대 바로 그것 때문에 오랫동안 내가 당근을 싫어했고, 우유와 유제품을 무척이나 좋아하게 된 것 같다. 내 이야기를 독자 여러분이 잘 좇아오고 있는지 모르겠다. 어쨌든 계속해서 이야기를 진행하여 보자.

　나는 홀쭉한 편으로 그다지 튼튼하지 못했다. 그래서 히틀러가 권력을 잡은 때인 여섯 살인가 일곱 살 무렵쯤 뮌헨의 이자르 강가에서 어떤 개가 나를 넘어뜨리기까지 했었다. 나는 모든 일들에 호기심이 많았고, 생기 가득했으며, 알레르기가 있었고, 몽상적이었다. 머리카락은 뻣뻣해서 꼬챙이 같았다. 볼과 코에는 주근깨가 뿌려져 있었다. 이 모습이 우연히든 필연적이든 세상에 떨어진 내 모습이었다. 때는 날짜와 계절과 연도로 영원히 계속 이어지는 듯한 시간의 기준점이 되는 신의 탄생이 있은 후 2000년이 조금 못된 시기였다.

과거를 회상하기란 참으로 어렵다. 이렇듯 기억나는 만큼, 또 때로는 기억나는 것보다 더 많게 조금씩 고쳐서 재구성해 나간다.

봄날을 눈물로 보낸 시절

　당근으로 연명하던 시절은 지나갔으나 상황은 좀처럼 나아지지 않았다. 얼마 지나지 않은, 아직 짧은 바지를 입던 시절 나는 기어이 꽃가룻병에 걸리고 말았다. 거기에는 사연이 깊다. 나의 아버지는 암갈색 머리에 아주 마른 편이며 열성적인 공화파로서 한여름에도 칼라를 빳빳이 하고 다녔는데, 예의 꽃가룻병으로 지독하게 고통을 겪고는 하였다.

　우리 가족사에는 아버지에 관한 전설 같은 일화 한 토막이 있다. 그 일화에 따르면, 5월말경이나 6월초쯤 아버지는 봉마르셰나 라파예트에 질풍같이 뛰어들어서는, 말 한마디 하지 못한 채 안절부절 더듬거리며 철철 눈물을 흘리는 오이디푸스처럼 손수건 판매 코너로 몸을 내던지듯 다가갔단다. 티슈가 세상에 나오지 않은 때여서 점원들은 너무도 놀란 나머지 그 자리에 못박힌 듯 서 있었고, 그 앞에서 평소엔 그리도 점잖은 아버지는 돈을 지불하기도 전에, 혹은 아예 한마디 말도 꺼내기 전에 연이어 손수건에서 손수건으로 소리나게 코를 풀어대어 그것들이 금세 스펀지 아니 얇은 마포 조각으로 변해 바닥에 한 더미로 쌓여지곤 했다 한다.

젊은 시절, 봄이면 아버지는 생존을 위해 그때까지 헬리골란트라 불리던 헬골란트나 풀 한 포기 자라지 않는 발트 해의 황폐한 섬으로 배를 타고 떠나곤 하였다.

소년 시절, 봄만 되면 나는 눈과 코에서 마구 흘러나오는 액체로 인해 마치 무슨 샘 같아져 수면을 취하기 위해서는 독한 진정제를 먹어야 했고, 또 더욱 독한 각성제로 겨우 잠에서 깨어나는 시험을 치러야만 했다. 마로니에와 무화과나무와 들판의 풀을 만나면 내 얼굴은 불같이 달아올랐고, 귓속에는 성게 같은 것들이 생겨났으며, 두 눈은 눈물로 불타듯 했다. 사정이 달랐다면 좋아할 수도 있었을 말의 땀과 갈기털로부터는 흡사 흑사병을 피하듯이 도망쳐야 했다. 바닷물만이 유일한 구원이었기에 찾아간 섬에서 무화과나무를 만나거나 천사 같은 모습에 매혹적으로 물결치는 들판의 풀을 만나 그러한 곤혹을 치르기도 했다. 그렇게 나는 그 어린 시절을 쉴새없이 재채기를 해대면서, 봄날을 그렇게 눈물로 보냈다.

과거와 미래

우리는, 즉 아버지와 나는 세상에서 아주 소수에 지나지 않는 신경계 질환자로서, 한편으로는 불행하고 다른 한편으로는 축복받은 부류에 속하였다. 어머니의 가계는 콜레트가 찬사를 보낸, 포도주가 나지 않는 가난한 최북단의 부르고뉴 지역에서 루아르 강의 굽이를 향해 있는 잡목림과 큰 수목림들이 위치한 땅에 정착해 있었다.

어머니 쪽은 다혈질에다 단순하며 가톨릭에 왕당파로서, 우리 두 사람보다는 온화한 편이었다. 어머니는 먹고 마시는 것을 즐겼고, 우리는 토론하는 것을 즐겼다. 그녀는 십자말풀이를 열광적으로 즐겼고, 우리는 보다 더 나은 사회를 지향하는 꿈을 꾸며 살았다. 그녀는 커다란 떡갈나무들로 둘러싸인 연못들이 고요히 자리잡고 있는 고향 마을 퓌자이에 집착했고, 우리는 여행을 광적으로 좋아했다. 그녀는 과거를 지향했고, 우리는 다가오는 미래에 취해 있었다.

　이미 다른 데서 내 안에 공존하는 두 가지 계보, 즉 한편으로는 진보적이고 다른 한편으로는 봉건적인 계보에 대하여 지나칠 정도로 많이 언급했었다. 나는 '아, 그리 나쁘진 않지만 항상 똑같은 걸 쓰네…'라고 생각할지도 모르는 독자 여러분을 또다시 그 이야기들의 소용돌이에 끌어들일 의향은 없다. 즉 루이 14세의 군대를 향해 발포하도록 명령한 공주의 이야기라든가, 왕과 마담 몽테스팡의 침대 아래 숨어 있던 로쟁의 이야기, 훌륭한 어느 작가가 개인적인 이해 관계를 넘어서서 자신의 의무를 수행한다는 생각으로 푸케를 콜베르와 왕의 공격으로부터 변호한 이야기, 푸케와 그외 많은 이들의 연인이자 지극히 자신의 딸을 사랑한 마담 세비녜의 이야기, 왕국의 대부호 가운데 한 사람이자 국민공회 의원이며 왕의 시해자로서 루이 16세가 처형되던 날 그 친위대원에게 암살당하였으며 로베스피에르의 동료이자 나의 먼 할아버지뻘이면서 마라와 더불어 프랑스 혁명의 영웅인 르 펠르티에르 드생-파르조에 대한 이야기는 여기서 하지 않을 생각이다.

　내가 나 자신에게 던지는 질문은, 우리 각자가 옛 선조들과 부모를 닮지 않은 다른 존재가 될 수 있는 가능성과 그 방법이 있을까 하는 것이다. 어떻게 모두가 그렇게 될까. 나의 아버지와 어머니는 파란 눈을 가졌고, 나 또한 눈이 파랗다.

내 아버지는 꽃가룻병을 앓았고, 나 또한 그와 같이 꽃가룻병을 앓는다. 나의 어머니와 외할아버지는 키가 크지 않았고, 나 역시 키가 크지 않다. 봐즐랭가에는 귀가 어두운 이들이 많은데, 나도 벌써 귀가 잘 들리지 않는다.

때때로 사람들은 자녀들이 그 부모를 닮은 것을 보고 놀란다. 그런데 더욱 놀라운 사실은 자녀들이 복제품처럼 꼭 닮은 건 아니라는 것이다. 역사는 단순히 반복되는 것을 원치 않는다. 우리의 작은 메커니즘 속에는 어떤 여백이라 불릴 만한 것이 있다. 필연성 속에 불확실성이 있다. 나의 존재는 하늘에서 그냥 떨어진 것이 아니다. 나는 어디선가에서 나왔다. 하지만 단지 나는 거기서 나온 것뿐이다. 자유는 유전의 세계에서 어떻게 자기 길을 열어 가는 걸까?

나의 부모와 나의 부모의 부모와 태곳적 조상 덕분에 내가 이렇게 나이 들도록 살 수 있지 않았을까 생각해 본다. 사실은 잘 모르지만 말이다. 또한 이 시대 덕분이 아닐까. 정말 이 시대의 영향이 무엇보다도 클지 모른다. 사실 이 시대가 주는 과학과 음식과 사망률의 저하와 생활 수준의 향상과 탁월한 의료 기술의 혜택이 많다. 그렇다고 나는 이런 것들을 결코 오용하지 않았다. 그러고 보니 정말 유전의 영향과 환경의 영향이 있다. 이 두 가지 영향력이 우리의 운명을 지배한다. 거기엔 과거가 있고, 미래가

있다. 나는 과거에 충실하려 했고, 다가오는 것을 이해하고
자 노력했다.

액 땜

　장래가 그리 밝아 보이지 않는, 허약한 어린 시절을 보내고 나자 부드러운 사랑과 지독한 편애로 가득한 두 요정들이 이제 아기 침대를 벗어난 나에게 호의를 보였다. 한 요정은 조금 뒤늦게나마 모든 길 가는 이들이라면 한결같이 바라는 것을 내게 주었다. 그것은 육체적인 고통이 거의 없고, 몸의 각 기관에 탈이 나지 않는 건강이었다. 그리고 활력은 덜하지만 똑같이 강력한 존재인 또 다른 요정은 능력 있는 많은 이들에게는 거부된 재능을 나에게 주었다. 그 재능은 내가 셈을 하고, 글읽기를 익히고, 학교를 다니고, 내게 거의 절대적인 영향을 주었던 책들을 통해서 모든 시대의 뛰어난 위인들을 만나는 걸 가능케 했다.

　나는 이 시대의 신문들이 끊임없이 비판하는 유형에 어느 누구보다도 가까운 인물이다. 나는 너무나 많은 특혜를 입었던 과거의 그 사라진 추억들에 둘러싸여 목까지 움츠리고 있는, 시대에 뒤쳐진 늙은이다. 기마 사냥을 하고, 도서실을 애용하는 아이였던 나는 최후의 모히칸족이자 아벤세라주이다. 그리고 사라진 시대를 증거하는 비석이기도 하다.

　　나의 아버지는 젊은 시절 쇠약한 신경을 치료하여야 했다고 한다. 그것은 그 시대의 병이었다. 오늘날 그 병은 어떤 의학적인 이름이 붙여져 있을 듯한데, 나는 잘 모르겠다. 나는 그러한 병은 앓지 않았다. 그보다 더 심한 병도 몰랐다. 또 그보다 덜한 병도 알지 못했다. 거의 어떤 병도 앓지 않았다. 맹장염조차도, 면역체 이상도 없었다. 믿기지 않을 정도의, 약간은 우스꽝스럽기까지 한 선양조직이나 편도선염도 없었다. 나의 부모에게도 도살과 같이 유혈이 낭자한 불필요한 수술로 인해서 참혹한 흔적이 남아있는데, 바로 모든 이들에게 있는 봉합 수술의 흔적이다. 나는 치열한 전쟁들을 피할 수 있었다. 그 처형장이며 강제수용소, 인도차이나, 알제리의 오레스, 비행기의 폭탄 사고들, 익사 사고들, 승마중의 낙상 사고들, 빙판 위의 전복 사고들, 이탈리아의 토스카나 혹은 푸이유로 가는 야간 행군중 졸음에 빠지는 일들을 피할 수 있었던 것이다. 나는 바라던 학업을 계속할 수 있었다. 〈플레르와 카이야브의 초록색 옷〉이라는 작품에 나오는 우스꽝스런 몰레브리에 공작과 같이 나는 잘 처신하였다. 행운이었다. 정말 운이 좋았다. 불행한 일들을 많이 겪은 이들은 내가 누린 행운을 용서하기 바란다. 나의 행운에 대해 신들에게 감사한다.

대부분의 경우 거의 언제나 아침에 일어날 때와 밤에 잠자리에 들 때에 나는 기분이 좋았다. 이러한 성향으로 인해 내가 삶을 사랑하게 된 것은 아니었다. 나는 환상 속에서 흥분하거나, 서정적인 감성으로 고양되거나, 알코올이나 흥분제에 빠지거나, 네팔이나 아라비아의 사막으로 떠나거나, 안달루시아나 북아프리카의 정원들 속에서 석류나무나 레몬나무들을 찬양하거나, 꾸며낸 활유법으로 자연과 대화를 하거나 자연에게 말을 시키거나 할 필요가 없었다. 나는 있는 그대로로 만족했던 것이다.

내가 흥분하는 경우는 아주 적었다. 어쩌면 너무나 적었다고 할 수 있다. 나는 마리화나를 피우지 않았다. 헤로인을 손대지 않았다. 가루약도 주사기도 취하지 않았다. 보통 사람보다 잠을 많이 잤다. 고지식할 만큼 있는 그대로 꾸미지 않는 성향이었다. 항상 어디서나 체질적으로 내 집에 있는 것처럼 편안했다. 나는 보았다. 들었다. 세계를, 또한 내 집 주위를 산보하곤 했다. 좋은 책들을 읽었다. 때로는 우리 각자가 다 알다시피 비참한 현대인이 아침 저녁으로 기도문처럼 읽는 신문들도 읽었다. 우연이든 기적이든 실수이든 성령의 역사에 의해서든, 이 한가한 교외 지대에 자리잡게 된 나의 집을 제국을 준다 해도 나는

바꾸지 않을 것이다. 여기서는 가족끼리 우리가 원하는 대로 뭐
든지 할 수가 있다.

타버린 재들과 같은 여정

　　이 교외 지역에서 나는 한참을 살았다. 비가 오는 날이나 한가한 날들이면 작가들의 생애에 관한 글들을 뒤적거리며 그들이 세상을 하직한 나이를 살펴볼 때가 있다.

　　미켈란젤로며 티치아노, 그리고 몇몇 작가들, 더하여 호메로스와 괴테 · 샤토브리앙 · 위고 · 톨스토이 같은 아주 훌륭한 작가들은 운 좋게도 늙은 나이에 세상을 떠났다. 하지만 다른 많은 작가들은 아주 일찍이 세상을 등졌다. 베르길리우스와 단테 · 셰익스피어 · 발자크 · 보들레르 · 플로베르 · 프루스트 같은 작가들은 혼신의 열정을 쏟다 탈진하여 쉰 살 무렵 죽음을 맞이하였다. 뒤 벨레는 서른일곱에, 파스칼은 서른아홉에 세상을 떠났다. 서른 무렵이거나, 심지어 더 일찍이 세상을 떠난 작가들도 있다. 시인들, 그러니까 카툴루스 · 프로페르티우스 · 페르시우스 · 루카누스 · 키츠 · 셸리 · 로트레아몽을 비롯한 또 다른 많은 시인들과, 클라이스트 · 푸슈킨 등은 30대와 40대 사이에 갑작스레 죽음을 맞이했다. 랭보는 스무 살 무렵에 펜을 꺾었다. 라디게는 스무 살 나이에 죽었다.

내가 서른 살 이전에 죽었다면, 나는 아무것도 쓰지 못하였을 것이다. 그냥 그렇게 생의 막이 내려졌을 것이다. 소음으로 가득 찬 이 세상에 내가 다녀간 자취라고는 미미한 흔적조차도 남기지 않고 사라져 버렸을 것이다. 얼마나 갑작스레 찾아온 침묵이요, 정적이며 안식이었을까!

내가 쉰 살에 죽었다면 《제국의 영광》과 《신의 기쁨》이라는 두 권의 책을 남겼을 것이다. 이 두 권의 책은 당시의 신문이나 텔레비전 방송에서 언급하기도 했거니와 부쿠레슈트나 서울 · 코네티컷 주 등지에서도 읽혀졌지만, 20세기말까지도 누군가 여전히 그 책들을 기억하리라는 건 조금 의심쩍다.

나의 경우 더 오래 살았기 때문에 더 많은 책들을 썼다. 그렇다고 그 책들이 이전 책들보다 더 영원성을 가지리라는 확신을 주는 것은 아니지만 나름대로 독자들을 얻긴 하였다.

문학에서도 다른 분야에서와 같이 연공서열에 따라 지위가 올라간다. 난 큰 일을 한 건 아니지만 오래 살았다. 나는 최고참이며, 특권적 지식인이요, 보수는 적은 원로로서 젊은 작가들의 존경을 받고 있다. 그 이유는 내가 일찍 죽지 않았기 때문이다. 사라지지 않고 버티고 존재했다는 단지 그 이유만으로 나는 서서히 약간은 신비한 방식으로 야심 많은 도제에서 존경받는 스승의 신분으로, 다른 말로 하면 젊은 머저리에서 늙은 머저리로 변하였다.

지나온 과거를 돌아보면서 내가 걸어온 타버린 재들과 같은 여정을 자부심을 가지고 헤아릴 수 있다. 어쩌면 타는 불과 같은 여정이기도 하다. 그건 내가 살아 있기 때문이다. 또한 타버린 재들과 같은 여정이기도 하다. 그건 내가 언젠가는 죽게 될 것이기 때문이다.

당신들을 증오한다

　나는 길을 잘못 들어와 있었다. 나의 아버지에게는 세 개의 신적인 존재가 있었다. 그 세 가지는 의무와 일과 국가였다.

　그는 정직한 사람이었다. '정직한 사람'이라는 말은 오늘날에 와서는 웃음거리거나 얼굴을 붉히게 할 뿐이지만, 아버지는 이 회의의 시대가 오기 이전에 살았던 정직한 사람이었다. 그는 속임수를 쓰지 않았다. 그는 철저하게 하나로 뭉친 그의 가족, 나의 어머니이기도 한 자신의 아내와, 자신과 아내에게 속한 자녀들을 사랑했다.

　그는 바르고, 단순하고, 성실하고, 나무랄 데 없는 시민이자 확실한 민주주의자였고, 돈과는 거리가 멀었으며, 정적주의에 가까울 정도로 원칙주의자였다. 도박과 주식, 스포츠 경기, 재혼 가정, 자유분방한 옷차림, 태양이 내리쬐는 해변, 탈세, 이혼 등과 같은 온갖 종류의 방종을 그는 몰랐다. 그가 자신에게 부과된 납세 청구액에 빠진 것이 있다고 세무원에게 편지를 냈다는 일화를 나는 가끔 언급한 바 있다. 재치 있는 말이나 비꼬는 말이나 농담이나 유머를 그는 별로 즐기지 않았다.

　나의 아버지는 나 역시 나의 의무를 다하길 원하셨던 것 같다. 내가 좀더 진중하게 공부해서 국가에 봉사하기를 바라셨던 것 같다. 그런데 나는 불확실하고 변덕스러워 나 스스로가 내 앞길을 막는 장애물이었다. 다른 이들을 그들이 가진 침착함으로 인해 부러워하기도 했고, 미워하기도 했다.

　나는 〈당신들을 증오한다〉라는 증오감으로 이글거리는 제목으로 몇 쪽의 글을 쓴 적이 있다. 도대체 내가 어디에 있는지를 알지 못했다. 다가오는 장래를 적의를 품고 바라보았다. 나는 그 장래에 대해 모든 수단을 다하여 제동을 걸고 있었다.

게으름뱅이 형과
타히티인을 닮은 사촌의 배반

몹시 좋아했던 사촌이 있었다. 그는 푸른 눈에 금발이었다. 우리는 지평선에 아득히 맞닿아 있는 퓌제의 참나무 숲을 자전거로 함께 달리기도 하고, 갈대로 덮여 있는 연못에 몸을 내던지기도 하였다. 조용하고 온순한 그에 반해, 나는 충동적이고 심술궂은 암상스러운 아이로 비쳐졌던 것 같다. 내가 그렇게 조심했는데도 말이다.

어쩌면 그도 나처럼, 모든 젊은이들이 언제나 그런 것처럼 자기도 모르게 발을 내디딘 이 세상에서 자신의 자리를 찾는 데 어려움을 겪었기 때문인지, 아주 젊은 시절에 그는 점점 더 멀리, 시리아며 페루 · 타히티 · 보라보라로 떠나갔다.

또한 나에겐 짙은 갈색 머리에 가늘고 긴 눈매, 나보다 더 푸른빛의 눈을 가진 형이 있었다. 나는 그를 사랑했다. 아니 그를 찬미하기까지 했다. 그는 매혹적인 게으름뱅이였다. 내가 쓸데없이 광적인 집착을 보이며 프랑스어의 탈격 독립구와, 프랑스 왕들의 계보를 처음부터 끝까지, 반대 순서로도 줄줄 외우며 맹꽁이같이 열심히 공부하는 동안, 그는 더할 나위 없이 성스러운 관례처럼 난로 가까이의 교실 안쪽에 자리를 잡고서 아무것도 하지 않았다.

매주, 매월, 혹은 분기별로 정하여졌는지 모르지만 어쨌든 성적표 발송이라는 그 전통적인 예식이 있을 때, 형은 가끔씩 아주 염치없는 방법으로 날조해 내기까지 하였는데, 그러나 그 예식은 늘 비슷하게 치러졌고, 언제나 우스꽝스런 장면을 연출하였다. 학업에 대한 그의 근면성과는 전혀 관계가 없는 평가 결과는 항상 20점 만점에 4점, 2점, 1점이 대부분이었다.

성적표엔 궁여지책으로 그 자리에 주저앉게 된 초라한 예비학교 교장 선생님께서 아버지에게 휘갈겨 써넣은 편지들도 첨부되어 있고는 했다. 그 교장 선생님의 이름은 도마였던 것 같다. 그는 내가 읽은 모험담 《라 프티트 일뤼스트라시옹》에 나오는 파뇰의 영웅, 토파즈가 맹위를 떨친 학교의 교장을 닮아서 흡사 그 살아 있는 표본으로 보여졌다. 나의 아버지는 아주 심각하게 말하였다. 나의 어머니는 양손을 비틀곤 했다. 형은 건들건들 서 있었다. 나는 가족들의 시선이 두려워 눈을 가늘게 뜨고 있었다.

　나의 사촌은 나를 버렸다. 나의 형 역시 끝내는 나를 배반했다. 어느 날, 말썽을 피우는 것 이외에는 아무것도 할 줄 몰랐던 이 게으름뱅이가 어처구니없게도 신생 국립행정학교(ENA)에 입학한 것이다. 또한 남들 보란 듯이 최상위권으로 회계사라는 엄청난 타이틀을 가지고 졸업했다. 반에서 꼴찌를 면치 못하고, 철자법도 틀리기만 했던 과거를 지닌 이가 국가 공인회계사라니, 나로서는 참으로 경악을 금치 못할 일이었다.

　이름만 들어도 숨이 막힐 듯한 국가 공인회계사라니, 그것은 국가의 정수요, 꼭대기요, 올림포스로서 국가의 신비로운 정상 자리가 아니던가. 《인간의 조건》에 등장하는 클라피크는 재무국 국장이었거나 이재국 국장이었는데, 그 역시 국가 공인회계사 출신이었다. 아버지는 기쁨의 눈물을 흘렸다.

　이제 나는 한심한 처지가 되었다. 공화국과 아버지 앞에 나는 홀로 남게 되었다. 아버지는 국가를 위해 일할 차례가 내게 임박했음을 채근하며 나를 괴롭혔다. 신이 나를 보살폈다. 난 대응책을 마련했다. 그것은 내가 공부를 계속하는 것이었다.

똑똑한 바보

　명문이라고 일컬을 만한 곳에서 나는 공부했다. 아! 그 울름가 에콜(국립고등사범학교)과, 그 전설적인 입학 시험을 대비하는 입시준비반과 앙리4세 예비학교, 루이르그랑 예비학교 주위에는 조레스며 블룸·페기·베르그송이나 사르트르의 이름들이 오르내렸다.

　내가 과연 공부를 좋아했던가? 확신이 서지 않는다. 공부는 나에게 알리바이를 제공했다는 점이 더 맞는 듯하다. 공부에 대해 특히 좋았던 점은, 내가 무엇보다 두려워했던 현실 세계에 들어가는 시간을 늦춰 준다는 점이었다. 현실 세계에서 나를 되도록 제일 멀리하는 데 유리한 학과목들을 선택하는 데 나는 공을 들였다. 직업이 없어도 되는 학문을 말이다.

　먼저 역사학부터 시작했다. 그래서 적어도 간접적으로라도 출세주의자가 된 셈이었다. 깃발이 휘날리는 시가지로 승승장구 입성한 정복자들과, 하찮은 신분으로 태어나 숱한 굴곡과 파란을 겪고서 마침내 승리와 영광을 얻어낸 눈부신 운명의 주인공들을 나는 몹시도 좋아하였다.

미지의 세계에 들어간 알렉산더 대왕과 그의 그리스인 용사들, 자신의 양탄자에서 율리우스 카이사르의 발 아래 엎드린 클레오파트라, 한때는 프랑스 왕의 왕비였다가 이후 잉글랜드 왕의 왕비가 된 아키텐의 엘레오노르, 테오도라와 푸른빛의 마차들을 모는 그녀의 마부들, 관용을 몰랐던 칭기즈 칸, 베네치아와 사마르칸트와 종교와 교역의 신비스러운 움직임, 베네벤토의 왕자와 모르니 공작, 곧이어 그뒤를 잇는 스탈린과 트로츠키가 출현하는 역사는 나의 공상을 이어주는 모험들로 가득했다. 그렇지만 역사학에는 어느 정도 위험 부담 또한 있었다. 지리학이나 문헌학·법학·정치학·경제학으로 연결되어, 결국에는 내가 그렇듯 끈질기게 거부하던 그런 일하는 직종으로 빠질 가능성이 있었기 때문이다.

문학으로 방향을 선회했다. 그편이 훨씬 나았다. 거기에는 생시몽류와 샤토브리앙류의 대귀족들과 비용류의 부랑자들과 같은 인물들이 다양하게 섞여 있었고, 그것이 내게는 나쁘지 않았다. 거기서 열정들, 사랑, 절망, 아이러니와 방종의 취미와 큰 명예를 얻는 꿈을 다 돌아볼 수가 있었다. 그리고 거기에는 무엇보다 내가 좋아하는 언어가 있었다.

언어는 나를 행복하게 했다. 다른 사람들이 우표나 마노 구슬 또는 유리구슬들을 수집하는 것처럼 나는 언어를 수집했다. 머리가 돌아 버릴 것 같은 말들도 있었고, 아주 재미난 말들도 있었다. 또한 걱정스러운 말들도 있었다.

문학의 어떤 부분은 외교 분야와 밀접하게 연결되어 있었다. 나의 아버지는 끈질기게 이 분야로 나를 밀어넣으려 하였는데, 나 자신은 그것을 피하기 위해 세상 끝까지라도 도망갈 참이었다. 샤토브리앙, 고비노, 클로델, 생 종 페르스라는 필명의 알렉시 레제르, 모랑, 로맹 가리와 그밖의 많은 이들이 전현직의 외교관이면서 글을 쓰는 작가들이었다. 나의 아버지는 마음속으로 은밀히 이들보다는 시앙스 포(정치학 그랑제콜)의 학장이었던 앙드레 지그프리드, 외교관의 전형이자 신랄한 풍자시를 짓기도 한 아카데미 프랑세즈의 페탱 후계자인 앙드레 프랑수아 퐁세, 에드몽드의 아버지인 프랑수아 샤를 루와 베를린 및 런던 주재 대사였던 캉봉 형제들을 더 선호했다. 그는 요정의 지시에 따라 움직이는 인형들처럼, 당나귀 앞의 당근처럼 그 외교관들의 이름을 내 앞에서 흔들었다.

공포감이 나를 엄습했다. 더 먼 곳을 찾아야만 했다. 철학이 나의 흥미를 끌었다. 철학은 다른 곳, 더 높은 곳에 있어서 내게 약간 겁을 먹게 했다. 내 주변에는 어느 누구도 감히 철학에 열중하는 이가 없었다. 그러나 철학이 내게는 좋아 보였다. 심각한 인상에 약간은 교만한 모습으로 철학은 내게 두려움을 주기도 했다. 철학이 내게 말해 주는 이야기들을 모두 받아들이기는 어려웠다. 나는 경계심을 가지고 접근했다.

철학은 내게 많은 즐거움을 주었고, 그 아름다움으로 나를 황홀케 했으며, 희망으로 나를 취하게 했고, 깊이 감동시켰다. 적어도 철학으로 인해서 나는 낯설고 멀리 떨어진 곳에 가 있었고, 거기서는 내가 혼란과 번민 속에서 멀리하고자 했던 너무도 익숙한 거리로 나를 되돌릴 지름길을 만날 위험이 없었다.

세상엔 똑똑한 바보들이 있다. 내가 그런 바보일는지도 모른다는 생각이 나에게, 또 남들에게도 들기 시작했다.

행복에 대한 경멸

글을 쓸 때 가장 어려운 것은 정확한 주(註)를 찾고, 모든 낱말들 가운데서 딱 하나 알맞은 낱말을 택하는 것이다.

젊은 시절에 겪은 시련들과 그 희열의 순간들을 어떻게 처리해 왔는지, 내가 앞서 언급하였는지 모르겠다. 아! 청춘이라… 청춘이라… 술병을 가져다가 한잔 마셔야겠다. 열일곱 살에 사유하는 것과, 그것을 표현하는 도구인 언어를 발견하는 것은 엄청난 일이었다. 나는 현기증을 느꼈다. 그것은 행복감이 아니었다. 나이 스물에 행복이라는 것은 경멸의 대상일 뿐이다. 그것은 행복보다 훨씬 더 좋은 것이었다. 그것은 새 세계가 열리는 것이었다. 그 세계는 이제까지와는 전혀 다른 세계로 느껴졌다.

세상이 정의롭지 못하기 때문인지, 가족이 식탁에 모여 식사를 마칠 즈음에 나누는 대화 속에서 베르길리우스 · 코르네유 · 괴테 · 클레망소의 어두운 망령들이 나타나는 것을 종종 보았었다. 나는 황실에서 태어난, 비잔틴 시대 사람들이 말하는 뽀르삐로제네뜨(황제의 재임중에 태어난 왕자나 공주)였다. 나는 나면서부터 책과 문화의 세계에 속했다. 모든 일이 잘 되어갔다. 동시에 모든 일이 잘 안 되어갔다.

조금씩 행복 속에 있는 불행을 알게 되고, 화려하게 치장한 외면에 숨겨진 이면을 보게 되었다. 어릴 적부터 이 세상의 행복한 사람들 편에 속하고, 또 지식을 소유하기 때문에 세상을 지배하는 사람들 편에 속하게 된 것은 엄청난 특권이자 치명적인 위험이었다. 지난 시대에는 최고였던 것이, 이제는 원했든 원하지 않았든 주종 관계의 변증법적인 진행으로 변화한 문화 속에서 자신의 발목을 붙드는 족쇄가 되고 말았다. 나 자신은 오라스와 라퐁텐 · 라신 · 샤토브리앙의 세계에 속해 있었다. 그들은 지배자의 입장에 있는 이들에게 가르침을 주었지만, 또한 그 입장의 한계를 벗어나지 못했다.

역사의 흐름은 바뀌었다. 문학과 문화는 헤겔과 마르크스 · 말로 · 아라공 편에 서게 되었다. 그들은 노예의 입장을 대변했다. 은밀한 일들을 소곤거리듯이 아주 조금밖에 전할 수 없었던 프로이트도 여기에 속한다. 아마 사르트르도 여기에 속할 것이다. 그는 정신적인 면이나 문체 면에서 오라스나 라퐁텐을 전혀 닮지 않았고, 샤토브리앙의 무덤 위에 오줌을 갈긴 적도 있었다. 정말 끔찍한 일이었고, 그래서 나는 그를 싫어했다.

삶은 복잡하게 얽혀 있었다. 그래서 내 머리가 돌 지경이었다. 나는 많은 면에서 이 사라진 세계에 애착을 지니고 있었다. 기념품들과 관례들로 가득한, 과거의 지배를 받는 이 세계를 나는 《신의 기쁨》이라는 책에서 묘사해 보려 했다. 하지만 나는 이 세계에 완전히 속하지는 않았다. 이 세계에 집착했지만, 참으로 이 세계에 대한 집착을 경멸하기도 했다. 나는 철학자들과 인권과 위대한 원칙들과 자유를 숭배하는 분위기 속에서 자라났다. 아! 자유라… 자유는 그렇다면 어느 세계에 속할 수 있었을까?

내가 보기에 자유는 깨어질 듯하고, 위험에 처해 있는 듯했다. 자유는 헤겔이나 마르크스와 거리가 먼 만큼 보쉬에와 스피노자와도 그렇게 보였다. 목청 높여 자유를 요구했고, 동시대인들이 끊임없이 찬사를 보낸 루소와 사드에 의해 이미 그것은 폐기되어 버린 것같이 보였다. 나는 눈가리개를 한 채 안개 속을 다니고 있었다. 스토아학파와 에피쿠로스 계통의 책들을 읽었다. 특히 몽테뉴·스위프트·몽테스키외·메리메·하이네·오스카 와일드·앙드레 지드의 작품들을 읽었다. 이 작가들은 신중하게 처신하는 법을 가르쳐 주었다. 과거와 미래라는 두 강들 사이에서 헤엄을 치고 있던 나는 더 이상 어떤 위대한 것도 믿지 않는 법을 배우고 말았다.

사악한 두 인물

당시에 진행되던 역사에 대해 언급하지 않은 채 어떻게 단 한마디라도 말을 하거나 글을 쓸 수가 있을까?

인간에겐 불가능한 것이 많다. 가장 불가능한 것들 가운데 하나가 자신이 살고 있는 시대와 역사를 외면하는 것이다. 예언자들과 점성술사들이 그 종말을 예고했지만 역사는 계속해서 한걸음씩 나아갔고, 계급 없는 공산주의의 표지 아래서도, 이어 자유민주주의의 표지 아래서도 결코 멈추지 않았다. 나의 세대와 그 이전, 그 이후 세대에 걸쳐서 스탈린과 히틀러라는 두 거인들의 음산한 그림자가 지나가는 것을 보게 되었다. 몇 세기 동안 떠돌던 악령이 두 거인들의 육신으로 화한 것이다. 당대의 많은 사람들은 두 거인들 중 하나를 선택하게 되었다. 작가들과 과학자들과 예술가들, 곧 지성인이라는 허울 좋은 이름을 가진 이들의 거의 대다수가 스탈린에 동조했다. 그들은 그 허울 좋은 이름을 마치 깃발처럼 흔들어 댔는데, 앞면이건 뒷면이건 그것으로 차라리 밑을 닦는 편이 더 낫지 않았을까 싶다. 그리고 나머지 사람들은 히틀러 편에 섰다. 이 두 악한 천재들은 군중들과 이름난 지성인들로부터 추앙을 받았다. 어쨌든 나는 히틀러를 혐오하고, 스탈린을 증오하는 극소수의 사람들 편에 언제나 속해 있었던 것 같다.

히틀러와의 세계 전쟁 이후에 태어난 프랑스인들은, 프랑스 같이 유구한 역사와 영광을 자랑하는 나라가 보름 만에 붕괴되었다는 사실을 상상조차 할 수 없을 것이다. 천 년의 유업이 하루 아침에 무너져 내려앉았던 것이다. 나중에 가서 그후에 일어난 사건들을 보면 불행한 이 시대의 역사를 재구성하기가 쉽다. 당시 프랑스 군대는 프랑스 문학처럼 세계 최강으로 여겨졌다. 그런데 단 한번의 전쟁으로 세계 지도에서 사라져 버린 전설의 제국들처럼 프랑스군은 그렇게 무너져 버렸다. 영국은 궁지에 몰려 있었다. 미국은 경제 공황으로 약화되어 있었고, 유럽과 그 식민지들의 영향을 크게 받고 있었으며, 20세기말 강대국의 위용과는 아주 거리가 멀었다. 그 시절의 미국은 대서양 건너편의 아주 큰 대륙일 뿐이었다. 소련은, 누가 기억하랴마는 히틀러의 동맹국이었다. 프랑스는 비참히 바닥에 내동댕이쳐졌다.

드골이 프랑스를 다시 결집하였다. 처칠과 드골, 그 둘만이 희망이라곤 없는, 포위되어 고립된 섬에서, 햇살이 눈부셨던 어느 늦은 봄날, 우리 역사상 가장 암울했던 때, 히틀러에게 '노'라고 말하고, 역사상 가장 무서운 전쟁 기계 같은 국가에게 '노'라고 말한 유일한 이들이었다. 그 단 한 가지 이유 때문에 어떤 영웅적 행위도 펼쳐 본 적 없고, 목숨 걸고 싸운 일도 없으며, 공부에만 몰두해 있던 나는 반세기 전, 백년 전쟁이나 아우스터리츠 전투만큼이나 멀게 느껴지는 과거 속에서 나 스스로 드골주의자라고 자처했었다.

민족 국가의 쇠망

　바보 같은 사람들이 늘 하는 이야기이지만, 새로운 세기와 새 천년이 도래하는 이때에 이미 일어났던 과거의 역사를 돌이켜 보면, 영국과 자유 프랑스의 항쟁은 패할 것을 알면서도 치른 전쟁이었다.

　오늘에 와서 우리는 그 사실을 분명하게 알고 있다. 민족 국가들의 위세는 차치하고라도 여하튼 프랑스의 국위는 이미 역사의 뒤편으로 사라졌다. 영국은 오랫동안 지속된 영웅적이고도 외로운 투쟁으로 인해 힘이 다 빠진 상태로 전쟁을 마쳤다. 드골 덕분에 승리한 프랑스 역시 패전국과 다름없었다. 프랑스인들이 1940년에 전격적으로 패하였던 것은 민족이라는 의식이 이미 극도로 약화되었기 때문이라고 볼 수도 있다. 민족주의는 사라져 버린 세계, 그 추억조차 눈앞에서 사라진 세계에 속한다는 사실이 유감스럽기도 하다. 유럽의 통합은 오랜 세월 동안 수많은 프랑스인들과 드골 장군이 그렇게도 사랑한 이 민족 국가의 쇠망을 나타낸다.

이제는 어느 누구도 더 이상 자기 나라가 다른 나라보다 우월하다거나, 선이나 진리와 자기 나라를 혼동하지 않는다. 엔트로피가 진행중이다. 우리는 지금 불확실성의 시대로 들어가고 있다. 싫든 좋든 여기선 사람들을 구별하고 구분짓던 것들이 붕괴되어 가고 있다. 혼란과 때로는 시련을 거쳐서 우리는 유럽 통합으로 나아갈 것이고, 유럽을 넘어서서 큰 지역 블록화로, 그리고 그 큰 지역 블록을 넘어서서 지구의 통합으로 나아갈 것이다.

우리의 역사책 속에서 그렇듯 아름답고, 우리의 추억 속에서 그렇듯 귀하고, 우리의 가슴속에서 그렇듯 소중했던 민족 국가는 이제 봉건제나 절대 군주정과 같이 되어 버렸다. 민족 국가는 이미 과거지사로 묻혀지고 있는 것이다.

모든 것이 사라진다

아! 그렇다면 우리는 쓸데없이 싸운 것인가? 물론 아니다. 우리는 우리 시대의 정의와 자유를 위해 싸웠다.

절대 진리란 역사상에도 없었고, 우리가 살고 있는 세계에도 없고, 해 아래 어디에도 없으며, 정치학과 종교를 대신하게 되는 의기양양한 과학에도 없다. 모든 것은 변하고, 지나가고, 사라져 버린다. 그리고 우리도 사라질 것이다. 우리는 바로 여러분과 나이다. 우리는 또한 인류 전체이기도 하다. 너무도 견고하고 안정되고 확정적이어서, 우리가 항상 존재할 것이라고 확신할 수 있는 실재란 세상에는 없다. 시간은 어쩌면 항상 존재할는지도 모른다. 아직도 시간은 존재한다. 그러나 그 영원성에 대해서는 솔직히 나는 조금 의심이 간다.

어떤 제도도, 어떤 가치도, 어떤 사회 질서도, 어떤 가족도,

어떤 공화국도, 우리가 그토록 좋아했던 어떤 책들이라도, 지구도, 태양도, 모든 성운들조차도, 우주 그 자체도 항상 영원히 존재하지 않는다. 사람은 말할 나위도 없다. 인류의 종말에 대해서는 의심의 여지가 없다. 인류는 그 공동의 운명을 피할 수 없을 것이다.

르낭은 한숨 섞인 어조로 진리는 슬픈 것일 수 있다고 토로했다. 이 말은 뒤에 가서 다시 살펴보련다. 어쨌든 확실한 것은, 인류의 종말은 개개인이라는 개체의 형태로만 사라지는 것이 아니라는 사실이다. 공룡의 멸종과도 같이 그 멸종이 이미 공공연하게 예견된 인류라는 종의 멸종이 틀림없을 것이다. 그리고 나머지 종들도 마찬가지이다.

물론 민족 국가는 그 나머지 모든 것들과 함께 사라질 것이다. 오히려 그 나머지 것들보다 먼저 사라질지도 모르겠다. 그것이 민족 국가를 포기할 이유가 될 순 없다. 먼 장래에 민족 국가가 결국 종말을 고할 것이라는 이유로 현재 존재하는 민족 국가를 위해서 싸우지 않는 것은 말이 되지 않는다. 인류가 결국 멸종할 것이라는 사실 때문에 인류를 위해 싸우지 않는다는 말이 성립될 수 없는 것처럼 말이다. 존재하는 매순간 우리는 영원하지 않는 것들을 위해서 우리의 생명도 불사한다. 사랑이 가장 좋은 예로서, 사라져 버릴 것에 대해 한없는 애착을 가지는 가장 단순한 예이다.

　　민주주의 역시 사라지고 말 것이다. 그리고 어느 날엔가는 우리에게 생명보다 더 귀한 자유마저도 사라질 것이다. 우리는 영원한 존재가 아니다. 또한 우리는 영원한 존재가 아닌 것들의 불안정하고 짓누르는 무게를 우리의 어깨에 짊어지고 있어야 한다.

웃음 금지

　나는 아주 일찍이 급진적이고 이론적인 회의주의로 향하고 있었다. 거기에 처세법으로 볼 수도 있는 실용적인 윤리가 첨가되어 있었다. 삼류 천재가 세계의 기본 체계를 새로이 세우려는 것같이 보여 재미있지 않은가. 정말 아무것도, 세상의 그 어떤 것도 믿지 않았다. 그러나 각각의 경우로 나열해 볼 수 있고, 함께 토의해 볼 수 있는 단순하고도 명백한 이유들로 인해서 나는 해야 할 일들과 하지 말아야 할 일들이 있다고 굳게 믿었다. 식탁 예절에서 시작하여 영혼의 위대한 미덕들에 이르기까지, 그 목록은 아주 길 성싶다.

　진지하게 이 말이 받아들여질 수 있다면, 그 체계는 인간의 한없는 교만의 모든 영역까지 널리 확대 적용된다. 그 체계는 두렵고도 떨리는 가운데 내가 그 무엇보다 높이 샀던 황홀하고도 매혹적인 왕국에 즉각적으로 적용되었다. 그것은 내가 감히 고백하지 못한 채 은밀히 꿈꾸었던 세계, 곧 문학이었다.

문학은 말한 내용보다 말하는 방법이 더 중요하게 취급되어지는 영역으로, 참 특이한 곳이었다. 물론 이야깃거리가 있어야 했다. 하지만 극단적인 경우 아무것이나 이야깃거리가 되었다. 사랑할 수도 미워할 수도 있었고, 권력을 혹은 동정심을 노래할 수도 있었고, 이 사람들을 택할 수도 저 사람들을 택할 수도 있었고, 과거를 회상하거나 아니면 미래를 예고할 수도 있었고, 터무니없는 것에 열광할 수도 있었다. 어느것이든 상관이 없었다. 모든 것이 하늘까지 닿게 되었으니 말이다. 너무도 이 사실이 명백히 드러나는 《잃어버린 시간을 찾아서》는 언급조차 하지 않더라도 《일리아드》며 《오디세이》, 소포클레스의 《안티고네》, 베르길리우스의 《아이네이스》, 《햄릿》이나 《맥베드》, 라신의 《페드르》, 샤토브리앙의 《랑세의 일생》, 《적과 흑》, 《보바리 부인》이나 《감정 교육》은 정말 단순한 이야기들을 쓰고 있다. 즉 전쟁 무훈담이나 여행담, 조금 꼬인 연애담, 이해 관계, 희망과 야망, 모든 사람들이 알고 있는 인생살이나 너무나 평범한 속물주의에 대한 이야기들이다. 그러나 그 작가들은 아무도 흉내낼 수 없는 방법으로 그 이야기들을 써 내려가 명작들을 만들어 냈다. 예술이란 각자의 삶을 그 재료들로 삼는다. 예술은 그 납 같은 것을 금으로 변화시킨다.

제일 유명하고 잘 구상된 작품들 가운데서 《신곡》과 《돈키호테》를 그 예로 들어 보자. 《신곡》은 그 기법이 거의 유치할 정도이다. "tu duca, tu signore e tu maestro(당신은 나의 안내자요, 나의 주인이요, 스승입니다)"라고 하면서, 베르길리우스의 방식으로 작가 단테는 그 시대를 구성하는 인물들과 세 개의 사후 세계들을 돌아보았다. 《돈키호테》는 기사도 소설류와는 정반대로 패배자를 묘사했다. 기사도 소설류는 크레티앵 드 트루아 · 볼프람 폰 에셴바흐 · 발터 폰 포겔바이데 · 하르트만 폰 아우에 · 고트프리트 폰 슈트라스부르크에서 아리오스토와 타소에 이르기까지 승리자들을 찬양해 왔었고, 또한 오랫동안 독자들의 마음을 지배해 왔었다. 그것은 시학적이고 형이상학적인 결말이기도 하고, 소설적이고 신비한 냉소이기도 했다. 모든 것이 시간과 방법과 언어의 발견으로 인한 것이었고, 또한 타고난 재능과 소질에다가 수준 높은 표현력과 영감으로 인한 것이었다. 그 모든 것이 문체에 담겨 있었다.

전쟁은 단순한 하나의 기술이며, 그 기술의 실행 자체에 모든 것이 달려 있는 것이라고 나폴레옹은 확언했다. 문학 또한 단순한 하나의 기술이며, 그 기술의 실행 자체에 모든 것이 달려 있는 것이다. 처음에 온 자나 나중에 도착한 자나 아무라도 이야기를 할 수 있다. 아무도 그 권리를 빼앗지 않는다. 이야기라고? 브라보! 그래야 한다. 누보 로망은 그 점이 정말 무서울 정도로 결여되어 있었다. 영국인들은 이야기를 할 줄 안다. 미국인들은 그걸 주장한다. 우리 모두는 이야기에 열 광한다. 나는 종일토록 여러분에게 이야기를 할 수도 있을 것 같 다. 하지만 먼저 방법이 문제다.

우리로 하여금 지금 우리의 정체성을 가지게 한 작가 들의 아무 작품이나 다시 읽어보기 바란다. 거기서 먼저 주 목할 것은 언어다. 놀라운 발견이 아닌가! 문학은 바로 문체 인 것이다. 글을 잘 쓰는 것과는 아무 상관이 없다. 그것은 부차적이고 중요하지 않다. 어떤 힘, 어떤 필요성, 어떤 열 정, 어떤 세계관이라도 언어로써 통한다.

수많은 프랑스 작가들 가운데서 가장 위대하다고 손꼽히는 세 작가, 보쉬에·생시몽·샤토브리앙을 보자. "작가들의 순위 를 정할 때, 보쉬에 위에는 그 누구의 이름도 올릴 수 없다"라고 폴 발레리는 말한 적이 있다. 그 보쉬에에게 아마 누군가 문학의 관점에서 그의 정치적이고 종교적인 신념은 그리 중요하지 않으 며, 얼마 지나지 않아 아예 어떤 의미도 지니지 않게 될 것이지 만, 그가 쓴 화려한 언어로 인해서 영원히 그 이름이 기억될 것이 라고 감히 말한다면, 그는 놀라기도 하고 절망하기도 했을 것이 다. 생시몽 공작은 역사가로 자처하기도 했다. 만약에 생시몽이

후세 사람들이 형성되어 가고 기록되어 가고 있는 역사에 대한 자신의 역사가로서의 역할에 관하여 아무런 관심도 가지지 않고, 다만 그를 뛰어난 예술가로만 본다는 사실을 알게 되었다면, 아마 의자에서 떨어질 정도로 놀랐을 것이다. 세 작가들 중에서 가장 지적인 샤토브리앙은 조금도 의심치 않았다. 그는 처음부터 자기처럼 입헌군주제를 옹호한다는 것은 쓸데없는 짓이며, 달과 폭풍우와 황혼기의 연애담, 광기와 죽음에 직면한 젊은 여인들, 그리고 무엇보다 그것들을 묘사하는 기술 방식이 중요히 인정받으리라는 것을 알았다.

그리스도가 제한된 선택받은 소수의 사람들만을 구원하기 위해 이 땅에 온 것이라는, 뛰어나고 고매한 파스칼이 믿은 장세니슴의 진리를 지금은 아무도 믿지 않는다. 파스칼의 작품을 읽으면서 오늘날 우리가 발견하는 것은 단 한 가지, 즉 그의 작가로서의 천재성이다. 시간의 제약을 뛰어넘는 이론을 제시한 대철학자는 존재하지 않는다. 소포클레스의 작품에 등장하는 크레온은 안티고네보다 더 옳지도 덜 옳지도, 더 그르지도 덜 그르지도 않는다. 그들은 수많은 양상을 지닌 채 서로 충돌하는 신념을 열정적으로 추구했을 뿐이다. 아누이의 작품에서는 안티고네 자신조차도 위험을 무릅쓰고 신들과 인간들에 대한 경의로서 땅에 매장한 시신이 폴리네이케스의 몸인지 에

테오클레스의 몸인지 잘 모른다. 곧 사라져 버릴 수많은 이념과 사상들을, 갑자기 유행이 지나 우스꽝스럽게까지 되어 버리는 최근의 세상 이론들을 망라하고 있는 문학을 보면서 나는 회의주의가 주는 가장 강력한 교훈을 얻는다. 소멸하는 것들이 소멸할 수 없는 표현 양식을 사로잡고 있는 형국이다.

카이사르의 콤플렉스

　나의 삶이 내가 쓴 책들과 뒤섞여 혼합되어 버렸다. 무엇보다 몇몇 사랑 얘기들이 중요한 비중을 차지한다. 지상에서, 바다에서, 눈 위에서, 상상 속에서, 또 몽상중에 느꼈던 희열의 소용돌이가 있었다. 책들이 있었다. 그리고는 아무것도 남지 않았다. 사랑하라. 원하는 것을 행하라. 언어로 기록하라. 그게 전부다.

　프랑스 문학의 역사는 출발부터 풍성했다. 1636년말, 마레 극단의 배우들이 비에이-뒤-탕플가의 쥐 드 폼므에서 행한 〈르시드〉의 초연은, 단 몇 분 만에 피에르 코르네유에게 불멸의 영광을 가져다 주었다. 보나파르트 나폴레옹이 거의 10여 년 동안 버려졌거나 폐쇄되었던 프랑스의 성당들과 노트르담 성당을 다시 열게 한 무렵인 1802년 부활절 전날에 출간된 《그리스도교의 정수》(샤토브리앙의 논문)는 청천벽력과 같은 충격을 안겨 주었다.

《명상 시집》은 며칠 사이에 알퐁스 드 라마르틴을 유명하게 만들었다.

나는 아주 낮은 문을 통해서 문학에 입문했다. 그리고 어떤 광기에 사로잡혔는지, 내 자신이 아무것도 아니라는 사실에 지쳐서 유명해지고 싶은 마음이 들었다.

지금에 와선 내가 보잘것없었다는 사실에 낯을 붉히곤 한다. 내 삶을 뒤돌아볼 때, 나 스스로를 자랑스러이 여기진 않는다. 나는 골치 아픈 청년이었다. 플루타르크와 줄리앙 소렐에 열광한 나는, 위대한 일들을 해보고 싶었지만 어떤 일을 해야 할지 몰랐다. 전쟁은 끝이 났다. 나는 그 전쟁에서 영웅이 되지 못했다. 쿠프라나 노르망디-니멘 사람들과도 싸우지 않았다. 시칠리아에도, 오마하 비치에도 상륙하지 않았다. 나는 장 물랭 편에서 전사하지도 않았다.

모든 재난들이 끝난 뒤처럼, 혁명기의 공포 정치 시절이나 제1차 세계대전이 끝난 뒤처럼 우리는 어느 정도 스스로를 부끄럽게 여기면서도 절실하게 어떤 행복을 찾고 있었다. 드골 장군은 후에 팡파르를 올리며 재등장하지만 일단 무대를 떠났었고, 콜롱베-레-되-제글리즈에서 광야 시절을 보냈다. 문학계의 수장으로 군림하던 사르트르와, 늘 스탈린의 눈치를 보고, 한번도 차지한 적은 없지만 권력 주변을 배회하며 이따금 그 권력에 잠깐씩 몸담기도 했던 공산주의자들이 지배하던 제4공화국은 국위를 선양치 못했다. 나 역시 그러지 못했다. 제4공화국은 자신의 운명도, 누구에게 충성을 바쳐야 할지도 잘 알지 못했다. 나 역시 그러지 못했다.

내가 존경하는 거장들을 돌아보면 내 가슴에 비수가 꽂히는 듯했다. 나는 놀랍게도 내가 유명하게 될 차례라고 상상하고 있었다. 그냥 내려오는 말인지 사실인지는 모르겠으나, 어린 시절 위고가 노트에 써놓았던 말을 스스로에게 되뇌이고 있었다. "샤토브리앙이 아니면 아무것도 되지 않겠다." 나는 알렉산더 대왕과 비교하면서 자신의 운명을 한탄했던 카이사르의 콤플렉스를 지니고 있었다.

소설을 쓰다

사람들은 도움을 청하기 위해서, 빵이나 소금을 얻기 위해서, 애정이나 혐오의 감정을 표현하기 위해서, 명령을 내리기 위해서, 기도문을 외기 위해서 말을 한다. 그렇다면 왜 사람들은 글을 쓰는가? 이것은 늘 제기되는, 오래된 질문이다. 지구보다 오래된 것은 아니더라도 적어도 문자만큼은 오래되지 않았을까. 다시 말해, 우주의 기원을 120억이나 140억 년으로 보고, 생명의 기원을 40억 년으로 보며, 인류의 탄생을 수백만 년 전으로 본다면, 다소 이 질문이 가깝게 느껴진다.

지푸라기 한 가닥이나 한 번의 눈짓이나 번개 한 번 치는 것이, 글이 쓰여진 책들보다 더 우리의 실존을 지배했던 것이 4천 년도 채 되지 않는다. 《성서》에서 《방법 서설》, 또 《코란》에서 《자본론》에 이르는 책들은 오늘의 인류를 육성했다. 그 책들은 한 차례 출현하였으므로 언젠가 반드시 사라질 때가 올 것이다.

문자는 초기엔 특히나 신들과 왕들을 찬양하는 데 쓰였다. 신들과 왕들은 서로 가까웠다. 또한 벽돌들을 세고, 양의 머릿수를 세거나, 곡식의 무게를 다는 데 쓰였다. 문자는 종교적이고 공식적이며, 의식적이고 상업적이었다. 문자는 초월의 세계와 권력과 돈의 지배를 받았다. 당시에 문자는 이야기를 기술하는 데는 아주 조금 시간을 들였을 뿐이다.

《마르두크의 찬양》이라고도 불리는 《창조의 시》, 바빌로니아의 《길가메시》, 이집트의 《사자의 서》《성서》, 인도의 《마하바라타》, 그리스의 《일리아드》《오디세이》, 후대 마야의 《포폴 부》는 장대한 서사시들 속에서 활약하는 신들과 용사들을 소개하고 있다. 그러다 점차 신들은 사라지고, 운명의 비중은 약해졌다. 대신에 인간과 인간의 자유와 그 간격과 아이러니가 그 자리를 차지했다.

삼사트의 루시안과, 아풀레이우스의 《금당나귀》에서 라블레와 세르반테스에 이르기까지, 바그다드 칼리프들의 《천일야화》, 900년대 후반기 말 일본의 아키코 황후의 궁녀였던 무라사키 시키부의 《겐지 모노가타리》와, 1000년대 초반기에 있었던 담론, 수필, 추도문, 고전적 비극들을 지나서 서정단시와 정형시를 넘어서고, 연대기들과 전기물들을 뒤흔들면서 약간은 모호하고 명확히 구분하기 애매하며 모든 양식들을 다 취할 수 있으면서도 특히 여성 독자층에서 밝은 미래를 맞게 되는 새로운 장르가 탄생하는데, 그것이 곧 소설이다.

나의 슬픔을 달래어 낱말들 속에 침잠시키기 위해서 나는 소설을 써내려갔다.

세상은 아름답다

남들은 우주적인 차원에서 나왔다 치자. 그에 반해 오랫동안 나는 나 자신과 이 세상에서의 내 위치에 관해서만 몰두했다. 나 자신을 관찰하는 데 시간을 보내느라 나는 그다지 멀리 바라보지 못했다.

이 시절에 쓴 것들 가운데 의미심장한 제목을 단 책이 있는 바, 《장의 집 쪽으로》라는 것이다. 이 시리즈는 《안녕, 그리고 고마워》로 끝난다. 나는 벌써 진력이 났던 것이다. 다른 사람들에 대해서는 물론이고, 무엇보다 나 자신에 대해 그랬다.

나는 패배를 자인하게 됐다. 나는 포기했다. 환호를 불러일으키는 데 성공하지 못했으므로 침묵을 택했다. 서른다섯 살의 방식이었다.

수년이 지난 후에 동일한 상황이 왔다. 나는 다시 시도했다. 배경은 바뀌었다. 결국 나 자신과 결별했다. 나는 바깥 세상으로 나왔다. 여기저기서 주워 모으고, 책들을 섭렵하고, 전 세계를 여행하며 앞뒤가 잘 맞지 않는 이야깃거리들과 짜깁기, 모작, 종종 그 자체를 참조해 봐야 했던 페이지 하단의 각주들, 전형적인 상황들과 반복되는 유형들, 반사 작용과 가짜 연대기, 가짜 지도들, 가짜 족보들, 가짜 참고 문헌들을 사용하여 나는 아마도 사실의 세계보다 더 그럴듯하고 개연성 있는 상상의 세계를 그려냈는데, 그것이 《제국의 영광》이었다. 실제와 비슷한 야심적인 인물들이 나오는 우화 같은 이야기였다.

그것은 두 감정이 만나는 접점에서 나왔다. 하나는 인류의 업적에 대한 경이감과, 또 다른 하나는 부분적으로 발레리의 영향을 받은 것으로 필연적인 역사라는 것이 다만 우연히 발생한 것에 지나지 않는다는 역사의 허구성에 대한 확신이었다.

우리는 모두 어떤 작은 부분 하나라도 결코 바꿀 수 없는 엄정한 과거의 산물이다. 그러나 세계 역사가 '만약에'라는 가정으로 쓰여져서, 만약에 알렉산더 대왕이 유프라테스 강가에서 서른다섯 살 나이에 죽지 않았다면, 만약에 히틀러가 원자탄을 수중에 가졌더라면 하는 식으로 다시 쓰여지면, 지금 학교에서 가르치는 역사와 아주 달라질 수 있었을 것이다. 나는 역사를 경멸했고, 또한 역사를 예찬했다.

내가 인간의 역사만을 예찬한 것은 아니었다. 나는 그 역사

를 가능케 한 우주를 예찬했다. 우주는 그 자원이 끝이 없었
고, 또한 아름다웠다. 우리는 여기서 사는 데 너무나 익숙해
져서 그 신기함과 그 장려함을 보지 못했다. 나는 눈을 떴다.
나는 우주가 좋았다. 우주는 나를 황홀케 했다.

새로운 것

흘러간 역사 속의 훌륭한 위인들조차 거의 알아채지 못한 아주 새로운 것이 이 시대에 나타났다. 그것은 과학이었다. 오늘날에 와서 과학은 실로 놀랄 만한 발전을 거듭했고, 일상의 삶에, 미래를 향한 희망 속에, 또한 우리의 두려움 속에도 자리를 차지하고 있다. 과학은 우리가 가진 세상에 대한 이미지를 바꾸었고, 우리 자신조차 변화시켰다.

나는 과학에 대해 전혀 아는 바가 없다. 음악이나 문학·미술보다 훨씬 더 모르는 것이 사실이다. 그러나 과학이 내 인생의 태반을 보내게 될 세기를 지배하리라는 사실을 짐작할 만큼은 알고 있었다.

20세기에 대해서 우리는 수많은 얘기들을 나눌 수 있었다. 이 세기에 많은 이들의 환호 속에서 수억의 사람들이 대량으로 학살당했다. 이 세기는 어느 시대보다 더 선했는가 하면, 또한 폭력적이기도 했다. 전쟁으로 얼룩졌는가 하면, 평화에 대한 소망이 눈에 띄게 커져 있었다. 스탈린식 공산주의의 대두와 몰락, 히틀러식 민족주의의 대두와 몰락이 있었다. 종교적인 열정이 컸는가 하면, 반종교적인 열정도 그만큼 컸다.

전기, 교통 수단들, 영화, 재즈, 텔레비전, 경구용 피임약, 에이즈, 전자공학이 연이어서 때로는 동시에 나의 시대상을 변형시켰다. 프랑스·영국·독일·러시아·일본이 전쟁으로 찢기고, 어려운 시련들로 기력을 소모하여 다른 많은 나라들보다는 아직도 부자이지만 가난해져 가고 있으며, 천천히 쇠퇴해 왔다. 중국의 대두를 기다리며 미국은 단 한 사람의 피도 흘리지 않고 제3차 세계대전, 즉 공산주의 소련과의 냉전에서 승리하여 전 세계를 통치하여 왔다. 거기에다 수천 년 역사상 처음으로 이동할 때나 전쟁을 할 때 소용되는 말이 더 이상 필요치 않아서, 인간이 말이라는 동물과 결별하게 되었다.

무엇보다도 특별히 언급해야 할 점은, 과학이 20세기를 격변시켰다는 사실이다.

과학의 승리

　과학은 우리가 살아왔던 세계에 대해 그 누구보다도 더 잘 해명해 주었다. 그리고 과학은 세계를 변화시켰다. 소설 속에 새롭게 들어온 것이 있다면, 그것은 언어의 유희나 문학적인 수사나 폭력과 마약에 대한 환상이 아니라 바로 과학이었다.

　과학은 공상과학의 형태로 소설 속에 들어왔다. 공상과학 소설들은 현실에 의해 허구로 드러나 버리거나, 아주 빨리 추월당하여 뒤처진 과거가 되어 버린 몽상들이거나 악몽들에 지나지 않았다. 과학이 문학에서 담당한 역할이 있었다면, 그것은 미래에 대한 상상력이라는 현실성 없는 형태보다는 두 문화를 화합시키려는 노력이었다고 볼 수 있다. 왜냐하면 우리 시대가 실패한 것들 가운데 하나가 뛰어넘을 수 없는 격차로 분리된 두 문화의 반목 현상이었기 때문이다. 과학의 문화는 매일의 삶에서 계속

발전하여 왔고, 인문학의 문화는 아주 오랫동안 군림하다가 이제는 숨이 차서 그 명이 다한 것같이 보여 왔다.

예전에 철학이 점유한 자리를 조금씩 조금씩 점령해 온 과학은, 그 복합성과 단순성으로 우리를 놀라게 한다. 그 복합성은 칸트나 헤겔과는 또 다른 어려운 방법론들과 언어를 사용하여 한 세기나 연이어서 지배해 온 수리물리학과 분자생물학의 분야에 뛰어드는 모험을 과학이 감행하는 데 있다. 그런데 그 단순성은 아인슈타인과 그 동료들, 그리고 그 후예들이 과학의 여러 다양한 분야들에서 기울여 온 온갖 노력이 최소한의 비용으로 우주와 생명의 모든 현상들을 이해하려는 데 있다는 사실이었다. 나는 아주 어렵게 물리학과 생물학에 관한 책들을 읽었다. 그 모든 책들은 복잡한 세계를 단순명료하면서도 품위 있게 설명할 수 있는 공식들, 어쩌면 유일무이한 공식을 발견하고자 했다.

나 자신이 별로 이해하지 못하는 세상은 거칠었다. 그리고 아름다웠다. 내가 더 잘 모르는 과학도 역시 거칠었다. 그리고 아름다웠다. 과학은 특히 멀리는 저 생-그랄만큼이나 가깝고, 우리가 진리라고 부르는 깨어 있으면서 꾸는 꿈만큼이나 가까웠다. 상대성 이론의 아버지인 아인슈타인이 파동역학의 창립자로서 움직이는 모든 입자와 연합된 파동의 존재를 확증한 루이 드브로이에게 보낸 편지 속의 한 구절은 오랫동안 나를 생각에 잠기게 만들었다. "당신이 커다란 베일의 일부분을 들어올렸군요…." 그리고 가끔 사범학교 예비반의 칠판에 다음과 같은 글귀를 판서한 알랭에 대해 나는 생각하곤 했다. "전심으로 진리를 향해 나아가야만 한다."

진리, 혹은 길 잃은 우리의 눈에 진리처럼 여겨지는 것은 과학이었다. 과학만이 우리에게 진리에 대한 아이디어를 주었다. 적어도 이 세상에서 나는 다른 어떤 것도 믿지 않았다. 진리는 역사의 흐름에 따라 차례로 사라지는, 대립되는 이해 관계 속에서 잠시 이뤄진 타협의 산물들인 정치적·경제적·사회적 원리들에서 나오지 않았다는 것은 명백하다. 진리는 좀 더 거슬러 올라가서 모순된 이론들을 집요하게 만들어 낸 도덕론자들, 지식인들, 시인들, 철학자들에게서도 나오지 않았다. 진리는 두려움과 공포속에 잠겨 있는 인간의 불안한 영혼 속에 가장 숭고한 것을 구현해 주는 종교에서도 나오지 않았다. 종교는 인간의 영혼들을 하나로 모으는 대신에 서로 대립케 했다.

진리는 모든 존재의 이해에 필수적인 과학에서 나왔다. 하나의 가설에 불과한 빅뱅 이론을 통하여, 하나의 확신에 지나지 않는 우주 팽창 이론을 통하여, 블랙 홀, DNA, 종의 진화 이론들을 통하여, 에너지와 물질, 생명의 기원 이론을 통하여 과학은 세계를 해명해 주었고, 우리 자신에 대하여 해명해 주었다.

신의 암호

　　세상을 변화시키는 과학의 이면에 숨겨진 비밀이 하나 있는데, 그것은 바로 수학이다. 인도에서, 바빌로니아에서, 이집트에서, 그리스에서, 아랍계 혹은 페르시아계 이슬람 세계에서, 토스카나에서, 로마에서, 독일에서, 폴란드·런던·베른 혹은 캘리포니아에서, 5천 년 전 이래로 거의 모든 지역에서 사람들은 숫자를 발명해 내고, 기하학이며 제로와 대수학, 무리수와 허수, 미적분, 만유인력의 법칙이나 상대성 이론, 양자역학이나 파동역학이나 현(弦) 이론을 만들었고, 또한 모든 존재가 수의 리듬을 타는 것을 발견해 냈다.

　　라이프니츠는 확언했다. "우주 질서는 신의 예정 조화 속에 있다." 갈릴레이는 말했다. "철학은 우주라고 부르고 싶은 커다란 책에 쓰여져 있다. 그 책은 수학의 언어로 쓰여져 있다. 수학의 언어가 아니면 그 책은 단 한 글자도 이해할 수가 없다."

왜 우주는 필연성이 지배하고, 왜 필연성은 숫자가 지배하는가? 그것은 나사로의 부활이나 가나의 혼인 잔치의 기적보다 더 불가사의한 신비이다. 빅뱅 이론이나 생명의 기원 이론보다 더 모호하기도 하다. 한 사람이 연구실이나 실험실에서 묵묵히 숫자들을 나열하고, 현실 세계는 그 숫자 계산에 끊임없이 호응한다. 한 사람이 종이 위에 방정식들로 세워진 다리를 그린다. 현실에서는 그 다리 위로 자동차들과 전차들이 달릴 수 있다. 그는 숫자 계산으로 아무도 보지 못한 한 별의 위치를 수립한다. 그리고 몇 년이 지나서 보다 강력한 망원경이 그 위치에서 미지의 별을 발견한다. 생명은 우주처럼 수학적인 구조를 가지고 있다. 만일 만능 열쇠가 있다면 그것은 숫자로 만들어져 있을 것이다. 숫자들은 신의 암호이다.

수학에 근거를 둔 과학은 무엇이든 할 수 있다. 과학은 죽음과 싸워서 인간의 수명을 연장하고, 인간을 달에 가게 하며, 그보다 더 멀리로도 가게 할 수 있다. 과학은 모든 풀리지 않는 수수께끼들을 해결할 것이다. 과학은 목적이요, 길이다. 과학은 오랫동안 다양한 형태로 인간의 영혼을 지배해 온 종교와 경쟁하여, 결국은 그 자리를 차지했다. 과학의 도구들과 실험실들 앞에서 언어의 유희처럼 되어 버린 철학의 위치를 과학이 잠식하고 있다. 과학은 운명론을 지혜와 자유의 삶으로 바꾼다. 미래는 과학에 달려 있다.

과학의 실패

아직도 의심쩍은 것이 있긴 하다. 그렇게 명백하고 확실하면서도 과학의 진보는 해답보다는 문제를 더 불러일으키고 있지 않는가? 현실이라 불리는 환상에 불과할는지도 모르는 현실은 너무나 거대하고 무진장하여서 온갖 탐구의 노력에도 불구하고 끊임없이 또 다른 문제에 직면하게 한다. 계속 전진하지만 결코 목적지에 다다르지 못한다. 과학은 산등성이의 한 정점에 올라서고 나면 지평선을 가리는 또 다른 산의 정상들을 끊임없이 발견하게 되는 등산가와 같다. 성공에 성공을 거듭한 과학에 저주가 임한다. 그 모든 과학의 승리는 분명한 사실이지만, 또한 막대한 희생의 대가를 치르고 얻은 것이다.

우리의 무지의 바다에서 우리가 아는 지식의 영역의 원이 커감에 따라서 지식의 원과 무지의 바다의 접점들도 비례하여 커간다. 지식은 점점 더 빨리 최후의 문제를 향하여 나아가지만, 그 문제는 더 빨리 달아난다. 그것은 멋진 경주이자 이미 패배한 경주이다. 승리를 위해 전심을 다하는 전쟁이지만 끝내는 패해서 무력함을 인정할 수밖에 없다.

패배의 유충은 지식의 열매 안에 있다. 과학은 정답이라는 환상만을 붙잡는다. 과학은 문제의 해답이 숨겨져 있는 퍼즐 조각 같은 모든 "어떻게?"라는 질문들을 하나씩 풀어간다. 그러다가 과학은 게임을 유일하게 끝나게 해줄 "왜?"라는 질문 앞에서 무너져 버린다.

진보의 역전

    언제나 조금씩 더 멀리 가는 현실을 따라잡으려다가 그 한없는 풍요한 자원을 다 소비하고 있는 점을 제외하고는 과학은 모든 것을 할 수 있다. 심지어 과학은 자기 자신을 파괴시킬 수도 있다. 인간과 그 생명조차도 말이다.

    어쩌면 가장 큰 비극이랄 수도 있는, 이 시대의 비극들 가운데 하나는 진보라는 개념이 역전되어 버린 것이다. 거대한 분화, 대륙의 형성, 천재지변, 운석의 낙하, 많은 생명체들과 공룡의 멸종, 기후의 변화 등이 수백만 년 전에 일어났다. 그때 인류는 미처 등장하지 않았지만, 모든 원인들을 탐구하는 우주의 탐정 셜록 홈스는 그 먼 과거의 일들을 재구성하는 데 성공했다. 그 수백만 년이 지난 후의 수천 년간에 세계는 거의 변화가 없었다. 아이들은 자신들의 부모들처럼 살았고, 카이사르와 샤토브리앙은 거의 같은 시간을 들여서 거의 같은 방법으로 언제나 그들의 말들을 이용해 센 강가나 리옹에서 토스카나와 로마를 향하여 갔다. 인간의 역사는 우리가 학교에서 배운 종족간 전쟁들, 조약들, 왕들의 대관식들과 성대한 결혼식들이 끊이지 않고 일어나 유사한 모습으로 진행되어 왔다. 지금으로부터 두 세기 전, 혹은 좀 더 거슬러 올라간 시대 이래로 과학이 세상의 전면에 등장하였다.

과학은 새로운 시대를 열었다. 또한 과학은 엄청난 희망을 불러일으켰다.

"어제는 괴물이었으나 내일은 천사가 되리라"고 말한 빅토르 위고와 백과전서파를 필두로 당대의 지식인들과 시인들이 함께 과학의 진보가 세계를 변화시킬 뿐만 아니라 행복을 가져다 주리라고 강철같이 굳건히 믿었던 시대가 있었다. 그렇게 상황이 진행되어 갔다. 아니, 그렇게 상황이 진행되어 가는 것처럼 보여졌다.

과학은 세계를 변화시켰다. 과학은 지구상의 많은 지역에서 삶의 조건들을 변화시켰다. 오스트레일리아와 뉴질랜드처럼 부자 나라가 남반구에도 있지만, 일반적으로 북반구의 부자 나라들이라고 불리는 나라들 가운데 어느 나라가 옛 삶으로 돌아가는 것을 받아들이겠는가? 건강과 교통, 그리고 생활의 편이는 옛 사람들이 감히 상상조차 하지 못했던 진보를 이루었다.

지난 수세기 동안 대도시의 도로들은 시궁창과 같았다. 노년기의 루이 14세가 겪었던 고통에 대한 생시몽의 묘사는 머리카락이 치솟게 한다. 불과 채 200년도 지나지 않은 시대에 전쟁터에서 포탄에 부상을 입어 군의관 라리에게 수술을 받았던 나폴레옹 군대의 병사들이 겪은 시련은, 이제 우리 가운데 그 누구도 감당할 수 없을 것이다. 광산의 도형수들과 어린아이들, 농부들, 그리고 공장 노동자들의 생활상은 아예 언급하지 않는 편이 나을 것이다. 오늘날 같으면 대수롭지 않은 사고로 지나칠 종양, 다리 골절, 폐합병증 같은 것이 어마어마한 비중을 차지하고 있었다. 이제는 웬만한 병은 다 낫는다.

게다가 어디든 다닐 수가 있다. 오늘날 보통 사람은 옛날의 증조부들보다 더 오래 살고, 덜 아프면서 산다. 누가 이 사실을 의심하겠는가? 그리고 보다 빨리, 그리고 보다 안전하게 사람들은 헤로도토스의 이집트 여행길, 몽테뉴·체스터필드·샤토브리앙·뮈세와 조르주 상드의 이탈리아 여정들, 바이런의 그리스 여행길, 마르코폴로나 랭보의 아시아나 아프리카 여행길을 따라 여행을 떠난다.

사는 게 참 많이도 좋아졌다. 그렇다고 우리는 행복한가?

아마도 우리 눈에 그렇게도 불행하게 보였던 우리 증조부들보다 우리가 그렇게 많이 행복하지는 않을 것이다.

왜? 왜냐하면 우리는 과거를 돌아보고 나서 미래를 보기 때문일 것이고, 과학에 대한 기대를 그렇게도 많이 걸었다가 이제는 과학에 대해 두려움을 갖기 시작했기 때문이다.

우리가 고통을 겪지 않게끔 도움을 준 과학은 또 다른 양상의 고통을 만들어 내고 있다. 치료하고 살리는 과학은 또한 생명을 죽이는 과학이기도 하다. 우리에게 세상을 지배하는 힘을 쥐어 준 과학은 또한 우리에게서 모든 힘을 앗아가고, 언젠가는 세상 자체를 빼앗아 갈 위험을 함유하고 있다.

무용한 것들에 대한 찬사

과학은 엔진과 피임약, 기계와 컴퓨터를 가지고 우리를 공략한다. 사람들은 창문마다 깃발을 단 채 아주 열렬하게 과학을 환영하며 다가선다. 하지만 과학은 사람들을 온전히 사로잡지는 못한다. 아주 오랜 옛날 과학이 미처 자리잡기 이전부터 막연하지만 즐거움을 주던 것이 지금도 우리의 삶을 밝혀준다. 그것은 바로 감성과 정열과 자유분방한 사고와 창조적인 상상력과 유연한 어투이다.

그것은 다른 사람들과 함께 웃고 마시고, 난로 앞에서 꿈꾸고 그림 그리고 채색하고 노래를 부르고, 음악을 연주하고 감상하고, 새들과 함께 휘파람을 불고, 모테토와 미사곡과 오페라를 작곡하고, 이야기를 들려주고, 서사시와 서정시와 우화와 비극을 쓰고 읽는 것이다. 또한 그것은 사시사철 변화하는 나무와 항상 변함이 없는 나무와 하늘에 떠가는 구름을 바라보는 것이다. 또한 그것은 가만히 몸을 고정시키고 자기 자신과 모든 것을 떠나 무엇인가를 예찬하는 것이다. 즉 그것은 무용한 것으로 여겨지는 것들을 계발하는 것이다. 무용한 것이 유용한 것보다 더 필요할 수가 있다. 여하튼 행복에 관한 한 그렇다는 말이다.

다른 것을 생각하거나 아니면 아무것도 생각하지 않는 능력, 세상을 보고 경탄하는 능력, 세상의 아름다움에 감동하는 능력, 자기 자신의 운명에 대해 자문해 보는 능력은 언제부터 있었을까? 언제나 있었다고 할 수도 있다. 그러나 언제나는 아니다. 언제나 있었다기보다 아주 오래전부터 있어 왔다. 문자의 발명보다 더 오래전부터 있어 왔다. 아프리카에 존재했던 것으로 추정되고, 우리에게 알려진 게 그다지 많지 않은 한 인간이 또 다른 동료 인간을 바라보거나, 자신의 머리 위에 있는 하늘을 바라보거나, 별이 총총한 밤하늘을 바라보는 데서 어떤 감동이 느껴지는 것을 알았을 때부터이다.

너무 질질 끌지 말자. 수만 년 전부터, 아니 수십만 년 전부터 있어 왔다. 영원히 그럴까? 물론 아니다. 인간 자체가 영원히 존재하지 않기 때문이다. 정말 그것은 행운이다. 달리는 기차에 올라타는 기적과 같은 행운으로 그 기차 안에서 그냥 지나치게 되는 사람들과, 또는 꿈을 꾸고 싶어하는 사람들을 만나게 된다.

참 많이도 보았다

　물질은 에너지로부터 나오고, 생명은 물질로부터 나오며, 사유는 생명으로부터 나온다. 사유로부터 무엇이 나올지는 예측 불가능하다. 확실한 것은 다른 어떤 것이 나오리라는 것이다. 모든 것은 변한다. 그러나 서서히 변한다.

　우리는 소크라테스나 파르메니데스나 호메로스와 크게 다르지 않다. 어느 누구도 그들이 우리보다 지능이 모자라다고 주장하지 못할 것이다. 루시는 분명 추상하는 능력이나 추리하는 능력 면에서는 그다지 소질이 없었을 것이다. 민첩함은 훈련을 통해 길러진다. 말을 반복해서 함으로써 우리는 점점 더 쉽게 점점 덜 독창적인 것들을 말하게 된다. "네르발에게서 영감을 받은 것 같은데, 여성을 장미에 비유했던 첫번째 사람은 천재입니다. 보르주가 말했다. ―그렇군요. 그렇지만 두번째 사람은 바보입니다. 카유아가 말했다. ―그렇지요. 그러나 세번째 사람은 고전작가입

107

니다. 보르주가 다시 말을 이었다."

　너무나 오래된 세상에 너무 늦게 도착한 우리는 이미 네번째, 스무번째, 백번째 사람들이다. 우리는 끝이다. 그게 아니라면 끝 무렵에, 적어도 한 시대의 끝 무렵에 도달했다. 과학에 침범당하고, 영상물들과 광고에 짓눌린 채로 독창성을 점차 잃어가면서 점점 더 인위적으로 우리는 상상하고, 그림을 그리고, 글을 쓰고, 또 다른 것에 대해 사고를 한다. 문학은 과거의 기억들과 인용들로 무거워졌다. 현재 처해 있는 시점에서 우리가 할 수 있는 일은 스스로를 경멸하면서 아이러니의 형식에 대해 반복해서 말하다가, 결국은 영원히 침묵하는 것이다. 쥘 르나르가 이미 말했다. "우리의 마음을 사로잡을 미래의 위대한 사람은 단 200페이지를 쓸 용기가 없이 '세상에, 내가 도대체 뭘 하는 거야? 도대체 뭐 하는 거냐구?' 라고 소리 지르며 매번 펜을 내려놓는 작가가 될 것이다. 오! 우리는 계속 글을 쓸 것이다. 계속 써야만 한다. 그러나 우리의 펜은 의기소침한 꿀벌처럼 꽃들 주위를 맴돌기만 할 것이다."

　우리는 너무 많은 것을 보아서, 어떤 것도 우리를 놀라게 하지 못한다. 우리에게는 더 이상 영웅이 없고, 우리에게는 더 이상 선생이 없다. 우리는 감탄하는 대신에 피곤해하고, 경탄하는 대신에 냉소한다.

각기 개성이 아주 다르면서도 큰 낭패를 보지 않고 쓸 수 있는 것들에 대해서는 예민한 감각을 공유하고 있는 볼테르 · 플로베르 · 오스카 와일드 · 앙드레 지드의 후손들인 우리는, 이 지구상의 한컌에서 과학과 텔레비전으로부터 지배적인 영향을 받으며, 서로 거리감을 두면서 경멸하는 문화 속에 들어와 있다. 한편으로 아주 기뻐할 것은 없지만 우리의 미래를 만들어 가는 과학이 있고, 다른 한편으로 영상물의 홍수 아래 고통스런 비명과 좀 기괴한 웃음소리가 뒤섞여 있는 혐오감과 무력감이 있다. 나는 모든 세상 사람들이 그 소리들을 듣는다고 믿는다.

무엇인가가 무너졌다. 우리는 아직 다른 세계에 살고 있는 것은 아니다. 그렇지만 거의 의식하지 못한 채 우리는 이미 더 이상 예전과 같은 우리가 아니다. 아직 다른 세계는 아니지만, 우리는 이미 이곳에는 더 이상 존재하지 않는다.

나 여기 존재한다

한편으로는 과학이 있고 다른 한편으로는 그에 대한 냉소가 있는 세계에 끼여서, 이유도 모르는 채 바라지도 않은 장소와 시간 속에 던져진 존재로서, 나는 할 수 있는 만큼 스스로 알아서 헤쳐 나왔다.

때는 바야흐로 농업과 문자와 기하학과 연극이 발명되고 나서 얼마간 시간이 흐른 때였다. 또한 천상의 권능자들에 의해 이 지상에 파견된 예언자들의 활동이 있은 이후로 얼마간 지난 때였다. 또한 불과 철로 이룬 대제국들과 세계의 통합이 있고 난 뒤였다. 또한 과학과 전자공학과 통신 혁명이 있기 바로 직전의 일이었다.

그런데 만일 내가 다른 곳에서 태어났더라면 어떠했을까? 이를테면 다른 혹성이었다면? 아니면 같은 곳이지만, 더 빨리 혹은 더 늦게 태어났더라면? 유프라테스 강 유역의 우루크나 우르,

라가시, 마리, 두라-유로포스에서 태어났더라면? 카르나크의 건축가나 사마르칸트의 천문학자나 플로리다의 노예나 오스만 제국의 노예나 피렌체의 보험업자나 금은세공업자, 17세기 프랑스 귀부인들의 음악 교사나 보르네오 섬의 해적으로 태어났더라면? 그 누구든 그 어디이든, 2세기 이전이나 30세기 이전이든, 백 년 후든 천 년 후든 어떠랴. 아! 내가 다른 옷차림을 하고, 다른 사고방식을 가지고, 다른 언어를 사용하는 다른 사람이 되었더라면. 다른 사람이라니, 알고 보면 항상 같은 사람이다. 즉 나는 항상 내 운명은 유일하고, 세상은 나를 중심으로 돌아간다고 생각하며 지냈을 것이다. 나는 언제나 내 역할을 해냈을 것이다. 어느 정도는 확실히 잘했을 것이다.

채집용 곤충처럼 핀에 꽂힌 채? 아니면 사형수처럼 목을 매인 채? 화형대 위에서 맹렬한 불길에 타면서? 혹사병이나 천연두로 목숨을 잃으면서? 몰타 섬이나 술라웨시 섬의 망망대해에서 난파당한 희생자가 되어서? 오랜 모험 끝에 강하고 여물어져서? 모든 이들로부터 버림받아 실어증에 걸려서, 망령이 들어서? 그러나 무엇보다 전혀 태어나지 않을 수도 있었을 것이다. 얼마나 큰 불행인가! 여러분이 이 부분의 글은 읽지 말아야 할 텐데.

그런데 여러분은 지금 이 글을 읽고 있다.

나는 여기 존재한다.

나를 잊으라,
그리고 여행을 떠나라

난 여기 존재하고 있었다. 그러나 아무것도 할 수가 없었다. 나 자신의 어리석음과 나태함과 나는 싸웠다. 그것들이 내게서 큰 자리를 차지하고 있었기 때문이다. 많은 사람들이 자신들의 기억력에 대해 불평하는데, 나는 차라리 나의 우둔함을 탓한다. 나는 일을 했다. 그런데 무슨 일을? 책을 쓰려고 노력했다. 많이 힘들었다.

내가 다른 일을 할 수 있었을까? 잘 모르겠다. 기억을 더듬어 보고 싶다. 어쨌든 다른 일을 시도해 보려고 끝까지 가지는 않았던 것 같다. 나는 장기적인 계획을 경계한다. 성공한다는 것은 나로 하여금 공포감을 가지게 한다. 나는 전화를 둔 사무실들을 사용했는데, 그것들을 혐오했다. 우연이 나를 이끌고 갔다. 대부분 그리 나쁘지 않았다. 재주는 없어도 행운은 있었다.

나는 시간이 흐르길 기다렸다. 시간은 흘렀다. 이제 와서 그렇게 시간을 흘려보낸 걸 후회한다. 두번씩이나 그르치는 것도 불가능한 건 아닌가 보다. 열매가 잘 익도록 내버려두어야 하듯이 인생도 흘러가도록 내버려두어야 한다.

책들이 나를 고통스럽게 했다. 책들이란, 내 책들과 다른 사람들의 책들을 말한다. 다른 사람들의 책들은 너무나 훌륭했기 때문이었고, 내 책들은 그렇지 못했기 때문이었다. 아, 지옥의 불길들이여! 아라공의 《파리의 농부》나, 헤밍웨이의 《태양은 다시 떠오른다》나, 앙드레 지드의 《팔뤼드》를 나는 끊임없이 뒤적였다. 그 작품들을 손에서 놓을 수가 없었다. 《태양은 다시 떠오른다》에는 레이디 브레트라 불리는 인물이 있다. 그녀는 투우사와 사랑에 빠졌는데, 이 투우사는 너무 말라서 바지를 입으려면 구둣주걱이 필요하다. 모두가 다 아주 불행하고, 그걸 잊기 위해 술을 좀 마신다. 《파리의 농부》와 《팔뤼드》엔 솔직히 거의 아무 일도 일어나지 않는다. 마약도 섹스도 자동차 추격도 심리 묘사 자체도 없다. 정말이지 심리 묘사는 없다. 《팔뤼드》는 팔뤼드를 쓰고자 하는 작가의 이야기이다. 그 작업은 잘 진척되지 않고, 늘 제자리걸음만 한다. 그는 애인이라고 할 수 있는 앙젤에게 그 이야기를 한다. 《팔뤼드》가 끝나면, 그는 《폴데르》를 쓸 것이다. 잊을 수 없는 한 구절이 이 일을 축제처럼 찬란히 빛나게 한다. "난 널

보면 '신은 홀수를 좋아한다'를 '숫자 2는 홀수인 것을 기뻐한다'고 번역하고서, 그게 맞다고 여기는 사람들이 생각난다." 나는 그것에 대해 장시간 꿈을 꾸듯이 골몰했다가는 펜을 내려놓게 되었다. 《파리의 농부》는 더 단순했던 것 같다. 정체를 알 수 없는 주인공은 큰 도로들과 파노라마스의 소로를 걷는다. 그는 연결되지 않는 말들을 큰 소리로 내뱉는다. "최고의 특급 기사를 발표합니다. 새로운 고통이 방금 나타났습니다. 인간에게 더한 현기증이 주어집니다. 들어오세요. 순간의 왕국으로 들어오세요." 내 눈에 눈물이 고였다.

나는 무엇보다도 땅에서 솟아났거나 하늘에서 떨어져 사람들의 가슴속에 자리잡은 이런 놀라운 작품들과 같은 책 한 권을 쓰고 싶었다. 문학가라는 사실은 별로 기쁘지 않았다. 보다 정확하게 말하면 작가이지 문학가라는 말은 지나치다. 전기작가들에게 나의 작품이 맡겨지는 것은 직장을 가지는 것만큼이나 싫었다. 그후 수년이 흐른 뒤에 한 문학비평가가 《가브리엘 보고서》나 《사람들이 춤추는 것을 보세요》에 관해 나 자신이 내 작품을 신뢰하지 않는다고 비난했다. 놀라서 아연실색했다. 내 작품을 신뢰한다는 것은 내게 수치감을 주었을 것이다. 손자국들이 여기저기에 나 있고, 파헤쳐질 비밀들이 수북이 담긴 내 여행 가방들 속에 작품 하나를 넣고 다니는 건 내겐 후회스러운 일이었을 것이다.

나는 문학에 종사하는 신중한 분들에게 작품들을 맡겼다. 젠체하는 건 자신이 없다.

나는 내 책들을 사랑했다. 그러나 내 책들을 터무니없이 대단하게 여기진 않는다. 내가 쓴 작품들에 대해서 떠들썩하게 축하연을 열지도 않는다. 나는 내 작품들에 도취되지 않는다. 다만 내 작품이 몇몇 독자들에게 감동을 주었기를 바라고, 열다섯 살의 소년 혹은 약간은 슬픈 기색의 젊은 여인이 잠시 동안이라도 소스텐느나 알렉시스, 로맹이나 마리를 꿈꾸었기를 바랄 뿐이다. 그건 그리 나쁘지 않으리라.

나를 잊으라. 여행을 떠나라. 나는 학회 세미나를 찾아다니거나, 페이지 하단에 각주를 다느라 바쁘지도 않다. 우리 문단에서 내가 차지하는 자리를 개의치 않는다. 앞날이 나를 괴롭히는 건 아니다. 오히려 이승에서의 내 삶의 자취들을 다 지워 버리고 싶은 마음이 든다. 우리의 꿈은 원대하고 우리 자신은 너무나 보잘것없기 때문에, 우리 내부와 외부에 있는 많은 것들에 대해서 가지게 되는 끈질긴 무관심이 또한 문학이라 불리는 것에도 확산되어 간다.

크리슈나의 교훈

여러분이 내게 할 말이… 음… 무슨 말인지? 모든 일에 초연한 사람으로서는 내가 제법 잘 지내온 편이라고. 아! 그렇다, 그건 맞는 말이다. 나는 벌거벗은 채로 하늘에서 떨어진 것처럼 태어나지는 않았다. 내 형편은 아무것도 갖추지 않은 편이 아니다. 오히려 잘 갖춘 편에 속한다. 난 그 누구에게서도 동정심을 자아내는 일이 없다. 난 시스템의 한가운데에 잘 자리잡고 있다. 날 알아보는 이 없이 길을 지나치지 못할 때가 여러 번 있었다. 여러분은 신문에서 나에 대한 기사를 읽고, 텔레비전에서 나를 보며, 라디오 방송에서 나에 대해 듣는다. 난 여기저기에 자리를 잘 잡았다.

감사하다. 너무 감사하다. 나는 내가 할 수 있는 걸 하고, 또 해야 하는 걸 하고 있다.

《바가바드기타》, 즉 '거룩한 신의 노래'는 끝이 없는 《마하

바라타〉의 아주 짧고도 중심적인 내용이 담긴 부분이다. 마부로 변장한 비슈누의 여덟번째 화신인 크리슈나는, 거기에서 아르주나에게 행동의 교리를 자세히 설파하고 있다. 아르주나는 몸과 영혼을 바쳐 무자비한 전쟁에 가담한다. 크리슈나는 그에게 그것은 해볼 만한 가치가 없다고 강조한다. 크리슈나는 진리는 다른 곳에 있다고 설명하고, 그에게 거리를 두고 자기 자신에게 몰입하라고 권고한다. 자신의 말에 설득되어 아르주나가 무기를 버리려는 순간 크리슈나는 급변하여 열렬한 전사의 의무를 그에게 고취시키고, 그 마음속에 초연함을 품고 싸우도록 권유한다.

우리는 있는 그대로의 세상에서 살고 있다. 그것을 거부할 수도 있다. 나는 그것을 받아들였고, 애착을 가지기까지 했다. 그것을 잘 이용하기도 했다. 그리고 세상은 내게 여러 가지 서비스를 제공했다.

대세를 따라가는 것이 맞는 경우가 아주 많았다. 텔레비전은 나를 즐겁게 해주었다. 선전도 싫지 않았다. 나는 거기에 대해 자부심도 가지지 않았지만, 수치심을 가지지도 않았다. 옛 작가들은 그 작은 텔레비전 화면을 어떻게 대했을까, 혹은 텔레비전은 작가들에게 어떤 영향을 주었을까 하고 나는 자주 자문해 보곤 했다. 볼테르는 그걸 지배했을 것이다. 위고는 격분해서 고함을 쳤을 것이다. 게르망트가의 만찬에서 막 돌아온 길이거나, 혹은 베르뒤랭 부인댁의 연주회에서 돌아온 길이거나, 혹은 밤 늦게 비주류 작가들의 모임이 있었던 막심에서 돌아온 뒤 마차의 바퀴처럼 지치고 휘어지고 덧칠이 된 채, 프루스트는 선웃음을 치며 그 모든 것들을 자기 뜻대로 다루었을 것이다. 샤토브리앙은 텔레비전의 전능함에 대해 웅변적으로 항의했을 것이고, 그러면서도 방송에 자주 출연 제의를 받지 못해서 한탄스러워했을 것이다. 아라공은 익살을 부렸을 것이고, 실제로도 그렇게 했다. 묵직하고 정적이면서 아주 편협한 클로델은 레알 지역의 부르고뉴계 여자 의자 제작공이 만든 멋진 소와 같은 풍모와, 구로사와가 감독한 영화의 일본 봉건 시대 무사의 풍모를 보여줬을 것이다.

내 손에 닿는 것을 나는 잡았다. 성공을 피하지 않았다. 나는 한번도 그것을 아주 높이 평가하지 않았다. 오른손을 들고 그것이 사실임을 맹세할 수 있다. 하지만 알아서 잘 조절했다.

강한 유혹이 와도 성공에 대해서, 또한 나 자신에 대해서 내가 품어 왔던 의구심들을 풀 만큼 강하지는 못했다. 나는 유명해지길 원했고, 실제로 그렇게 되었다. 솔직히 말해서 내 자신이 불쌍했다. 시오랑의 한마디가 나를 기쁘게 해주었다. "나는 성공을 포함한 온갖 형태의 타락을 경험했다." 나는 그 사실을 어린 시절부터 알았다.

성공하는 것은 재앙이며, 성공은 아무것도 아니다. 그러나 실패 역시 더 나은 게 아니다. 실패하는 것은 너무나 쉽다. 성공의 유일한 가치는 실패를 거부하는 데 있다. 유일하게 명예로운 길은 신의 노래이다. 나는 크리슈나의 교훈을 마음에 간직한 채 최선을 다하여 싸웠다.

무대 위의 독방

문학과 광고를 구분하는 것은 점점 더 어렵다. 두 영역은 인접해 있고, 상호 보완적이며, 서로 교차하고 겹친다. 과거에 오랫동안 광고는 문학의 시녀였다. 이제 광고는 문학의 여주인이자 정부가 되어가고 있다.

작가들은 언제나 군주와 궁정과 권력자들과 대중의 호의를 얻으려고 애를 썼다. 라신이나 부알로가 루이 14세를 즐겁게 하려고 애쓴 것처럼, 베르길리우스는 마이케나스와 아우구스투스를 즐겁게 하려고 애를 썼다. '즐겁게 하다'라는 의미의 프랑스어 동사 'plaire'는, 즐거움이라는 의미의 명사 'plaisir'와 함께 고전 작품들의 키워드이다. 이 단어는 코르네유·라신·몰리에르와 같은 위대한 대가들의 글에서 끊임없이 되살아난다. 그들이 쓴 희곡들의 서문을 읽어보라. 그들은 시간과 장소, 행동의 조화를 골자로 하는 저 유명한 규칙들을 겉으로는 내세우고 있지만, 실은

왕과 베르사유 궁정과 파리 시민을 즐겁게 하려고 아주 높은 수준의 즐거움을 제공하는 데만 신경을 쓰고 있다.

그라세 출판사가 비누나 기름 같은 상품처럼 처음으로 시장에 내놓은 작가가 바로 새로운 세계의 정복자요, 문학의 세계 관광 여행자인 폴 모랑이다. 출판사의 선전문은 《오직 지구뿐》이나 《세계 챔피언들》의 출간을 "이제 3일 남았습니다…" "이제 이틀 남았습니다…"라는 식으로 미리 예고했다. 번개같이 빠른 필치에 냉랭한 어조, 소스라치게 놀랄 이미지는 《밤의 도래》와 《루이스와 이렌느》 같은 작품들에만 있는 게 아니다. 그것들은 작가에게 광고 표현 매체의 미끼로서도 사용된다. 이미 모랑 이전에도 나타나지만, 무엇보다 모랑 이후에 광고는 문학의 한 부분을 차지하게 된다. 그것을 다른 사람들처럼 나도 했다. 아마도 많은 사람들보다 더 월등하게 잘했을 것이다.

등장할 때가 있으면 사라질 때가 있는 법이다. 샤토브리앙은 그 사실을 이미 알고 있었다. 여인들에게 둘러싸인 모럴리스트이며, 항상 몰락한 대귀족으로서, 가톨릭 신자이자 쾌락주의자로서, 또한 입헌군주정과 자유주의를 함께 추구했던 그는 평생을 은둔과 영광 사이에서 왔다갔다 했다.

그는 무대 위의 독방을 끊임없이 꿈꾸었다. 세상의 무대 위에 섬광같이 나타났던 그는 누구보다도 부재의 미덕들을 더 잘 알고 있었다. 그는 영광을 얻기 위해 당시 파리에서 멀리 떨어져 있는 로마를 향해 떠났던 것이다.

숨는 것은 아마도 광고의 가장 높은 단계일는지도 모른다. 특히나 요즈음은 어디서나 광고에 둘러싸여 있으니까. 이제 더 이상 누가 유명 인사가 되고 싶은지 무명으로 남고 싶은지 나는 알 수가 없다. 왜 그럴까? 광고는 하나의 게임판이므로 떠날 줄 알아야 한다. 영원히 떠나기 위해서도, 또다시 돌아오기 위해서조차도.

어디에 쓸모가 있나?

우리 시대 문학의 가장 두드러진 특징은 무엇일까? 많다는 것. 어쩌면 지나간 시대의 작가들보다도 오늘날 현재를 살아가는 작가들의 수가 더 많지 않나 싶다. 철학자들도, 역사가들도, 학자들도, 교수들의 경우도 그런 것 같다. 온 세계가 자신에 대해 성찰하고 묵상하기 위해 책상 앞에 앉았다. 모든 활동은 관념 속으로 사라졌다. 피가 잉크로 변화되었다.

모든 사람들이 글을 쓴다. 남자들도, 여자들도, 젊은이들도, 은퇴자들도, 실업자들도, 절망한 사람들도, 심지어 정치가들도, 판사들도, 변호사들도, 살인자들도, 비즈니스맨들도, 사기꾼들도, 요리사들도, 여배우들도, 챔피언들도, 승리자들도, 패배자들도 글을 쓴다. 소설책들의 숫자는 계속 늘어만 간다. 우리는 책들로 질식할 지경에 이르렀다. 신이 허락한 하루 동안에 나는 서너 편의 원고들과, 한 묶음의 책들을 받아 본다. 잘 포장된 것일

수록 내용이 덜 좋은 경우가 많다. 그 포장들을 열어 볼 때마다 절망감이 나를 엄습한다. 왜 아직도 글을 쓰고 있는가? 더 이상 글을 쓰지 마라. 물론 다른 사람들에게와 나 자신에게 하는 말이다. 도대체 어디에 쓸모가 있을까?

폴랭 드 보몽을 빼앗아 간 샤토브리앙과도, 그리고 퐁탄과도 친구지간이었던 선한 사람 주베르는 타인들을 위하는 이타주의자였다. 그는 우연히 육체를 발견한 한 영혼 같은 존재로서 최선을 다해 양자를 잘 조정해 갔다. 그는 빌뇌브-쉬르-욘느의 자신의 사유지 오솔길을 천천히 거닐면서 마음에 들지 않는 내용이 실려 있는 페이지들은 다 찢어내 버린 책들을 읽곤 하였다. 그의 서고는 몇몇 페이지들을 묶어 제본한 것들로 가득 채워져 있었다. 탐탁지 않아 하는 그 시대의 책들에 대해서 어떻게 생각하는지 누군가가 의견을 물으면, 그의 대답은 간단했다. 그는 새로이 나온 책들에 대해서 단 한 가지만 비난했다. 그것은 그 책들의 수가 많기 때문에 옛 책들을 제본하는 데 방해가 된다는 것이었다. 아마도 어느 정도 복고주의자였나 보다. 아니, 어느 정도 반동적이기까지 하다. 그 지망생들을 화가의 길로 들어서지 말도록 만류하자는 제안을 했던 화가 드가처럼 그 일은 내게 충격을 주었다.

엘리자베스 1세 때 궁정의 재정을 담당했으며, 《환율의 급

격한 하락에 대한 연구》의 저자인 토머스 그레셤은, 악화는 양화를 구축한다는 법칙에 자신의 이름을 붙였다. 그 법칙은 문학에도 적용된다. 새로운 책들은 모두가 다 저질인가? 물론 아니다. 개중에는 좋은 책들도 많다. 어떤 것들은 아주 뛰어나다. 그러나 쓸데없는 많은 책들이 나머지 다른 책들에게도 무의미하고, 아마도 역겹기까지 한 인상을 심어 준다. 시시한 것보다 더 전파성이 강한 것은 없다.

출판물의 홍수 속에서 중요한 것은 사람들의 시선을 끄는 데 있다. 그 일은 언제나 어려움이 연이어 닥쳐서 거의 불가능에 가깝다. 젊은 작가는 온갖 것을 무릅쓰고 충격적인 것이나 독창적인 작품을 써야 하는 것 이외에 다른 선택의 여지가 없다. 옛 작가를 모방하는 것이라면 그건 해볼 가치가 없다. 세상은 그렇게 받아들이지 않더라도 우리는 새로운 것을 써야 한다.

완전한 고전적 비극이나 예술의 법칙들에 관한 풍속 소설이나 난해시나 상징주의시는 더 이상 우리 가운데 있을 자리가 없다. 그것들은 의미를 상실했고, 우리를 아주 지겹게 했다. 무엇을 해야 하나? 뭔가 다른 것이다. 하지만 어떤 것을? 오늘날, 사람들은 각기 독창적이고 충격적이며 신선하다. 이제는 어떤 것에도 놀라지 않는다. 모방하는 것은 쓸데없고, 새롭게 고치는 것은 헛되다. 우리가 오늘날 해야 하는 것은, 아직도 남아 있는지 모르지만 아무도 가지 않은 길을 가는 아주 과감한 것으로서, 동시에 자신들이 모르는 것은 피하는 많은 사람들의 관심을 끌 수 있는 것이어야 한다. 그다지 그때가 먼 것 같지는 않지만, 진부하고 반복되는 것으로 여겨지기 전까지 섹스는 한동안 이와 같은 이중적인 요구에 아주 잘 부합된다.

에로티시즘은 섬세한 예술이다. 그것은 대작들을 만들어 냈다. 그뒤에는 수많은 실패작들이 따른다. 그것은 불타오르다가 아주 금방 사그라지고 마는 짚단에 붙은 불과도 같다. 섹스 묘사가 없는 작품을 써서 후세까지 남기려는 시도는 위험 부담이 큰 것이다. 또한 대부분의 경우 정신나간 짓이다. 섹스 장면이 있는 작품을 쓰는 것은, 거의 미리 져버린 게임이나 같은 경우이다. 어제의 포르노그래피는 내일의 사람들로부터 큰 비웃음을 살 것이 거의 확실하다. 문학의 경지까지 섹스를 끌어올리려면 카사노바나 사드, 아폴리네르나 아라공이나 피에르 루이 정도는 돼야 한다.

그러나 아폴리네르와 아라공 그리고 여타의 몇몇 작가들은 이미 대작을 쓰기 위해서 섹스 묘사를 넣을 필요가 없는 위대한 작가들이었다. 그들은 우리를 흡족하게 하기 위해서 그들 마음대로 그걸 쓸 수도 있었고, 그냥 지나칠 수도 있었다. 그들은 자기들 마음에 드는 대로 한 것이다. 그리고 그들이 아주 위대한 작가들이었기 때문에 그들의 마음을 즐겁게 하는 것은 우리 마음도 즐겁게 하는 것이 된다.

위대한 작가

위고는 중학교 시절부터 샤토브리앙이 되고 싶어했다. 드골은 짧은 바지를 입었던 시절부터 침략자를 응징하고 조국을 구하는 글을 썼고, 알키비아데스는 아직 어린아이였을 때부터 늙은 소크라테스를 사랑했다.

나는 호메로스와 베르길리우스와 코르네유와 위고의 영향을 받으면서 자라났다. 나의 청소년기를 위대한 작가의 소설들이 붙잡고 있었다. 문학의 영예로 불타는 향내는 나의 머리에 피가 솟구쳐 오르도록 흥분시켰다. 불현듯 내가 그외의 다른 것에 대해서는 아예 생각조차 않았던 것같이 여겨진다. 당시 나는 아무 것도 생각지 않고 지냈으므로 그건 의심할 바 없이 사실과는 다른 망상이다.

그 생각은 물론 사람들이 말하듯 어른들의 마당에서 한번 놀아 보자는 식으로 한 것은 아니었다. 그 당시도, 지금도 결코 아니다. 조금 나이가 들었을 때인 서른 살 무렵에도 나는 거의 아무것도 쓰지 않았다. 문학에 전혀 문외한이어서 그런 것은 아니었다. 오히려 문학을 너무도 잘 알고 있었다. 모든 이들과 같이 라퐁텐의 우화들과, 코르네유와 라신의 비극들과, 몰리에르의 희극들과, 그리고 몽테뉴와 파스칼, 보쉬에와 루소·샤토브리앙의 단편들을 그전에 읽었었다. 게다가 호메로스와 아이스킬로스·베르길리우스·루크레티우스·호라티우스의 시들도 읽었었다. 그들의 작품들 이외에 그 어떤 것이라도 새로이 쓴다는 것은 쓸데없고 불편한 일이었을 뿐만 아니라, 또한 그들 모두는 나와는 뭐랄까 또 다른 세계에 속해 있었다. 나는 그들을 밖에서, 또 거리를 두고 바라다보았다. 그들은 간결한 표현으로 말하면 정규 교과목이었다.

나는 슬프게도 아무것도 아니었다. 나는 그들을 공부하며 그냥 지나치는 대신에 헛되이 갈망했고, 그들을 친구처럼 여겨 친밀한 가운데 함께 노닐곤 하였다.

위대한 작가는 3천 년을 군림한다. 많은 시간이다. 그리고 적은 시간이다. 막연하고 애매한 말이지만, 어떤 형용이나 이름을 부여할 수 있는 첫번째 위대한 작가는 호메로스라고 나는 생각한다. 그는 창업자적인 천재로서 베르길리우스로부터 제임스 조이스에 이르기까지 많은 이들이 모방했으며, 그에 대한 찬사는 시대에서 시대를 이어 경외감을 자아내며 계속되었다. 가장 최근의 위대한 작가는 5만여 명이 그의 묘지까지 수행한 사르트르였다. 그는 자신이 그들 가운데 포함되는 것을 악을 쓰고 발버둥질을 치면서 막았다. 그가 샤토브리앙의 무덤에 오줌을 갈긴 것은, 이미 그에게 다가가고 있는 문학의 영예를 그가 얼마나 탐탁지 않게 보는가를 보여주기 위한 것이었다.

사르트르는 많은 이들의 요청에도 불구하고 왜 위대한 작가의 역할을 원치 않았을까? 그는 그 자신은 거부했던 위대한 작가의 이름에 아주 걸맞는 간단한 표현으로 그 이유를 설명했다. "만약에 내가 불가능한 구원을 액세서리 점포에 둔다면 무엇이 남게 되는가? 모든 사람들로 이루어지고, 그 모든 사람들만한 가치를 지니지만, 그 누구도 될 수 있는 한 사람일 것이다."

특히나 프랑스인들이 오랫동안 필수적인 존재로 애지중지해 온 위대한 작가는 자신의 흉상이 흔들거리는 것을 느낀다.

나의 전부가 죽는 것은 아니다

　　미래의 독자층을 얻는 것은 옛 작가들의 행동의 원동력이자 꿈이었다. 고전 작가란 무엇인가? 죽은 뒤에도 젊은이들이 여전히 읽어갈 작가이다. 그런 의미에서 모든 위대한 낭만주의 작가들은 고전 작가들이다. 그 전형적인 예가 스탕달이다. "베일 씨는 한 장에서 다른 장을 이어 탁월한 문체가 빛나는 책을 썼다…"고 말한 발자크 이외에 생전에 알아주는 이도 없었고, 죽었을 때도 장례식에 극소수의 충직한 독자들만이 참석했을 정도로 무명 인사였던 그는, 몇 안 되는 이들을 위해서 글을 썼을 뿐만 아니라 무엇보다 미래를 위해 썼다. 그는 실패작들을 연이어 낸 후, 50년이나 100년이 지나서라도 마침내 이해받고 인정받으리라는 희망만으로 살았다. "나는 복권을 사는데, 그 행운의 당첨자 몫은 '1935년에 읽히는 것' 이다."

작가라는 이름에 걸맞는 모든 작가들은 항상 성공을 경계해야 한다는 사실을 안다. 성공이 좋지 않은 징조라고 주장하면 너무 과장하는 것이 될는지도 모른다. 성공은 중립적이라는 것, 즉 어떤 의미도 없다는 주장이 맞다. 좋은 책들이 좋지 않은 책들보다 더 성공적이지 못한 경우가 있다. 그리고 좋지 않은 책들이 좋은 책들보다 더 성공하는 경우가 있다. 좋은 책들이 상황이 아주 복잡하게 돌아가 예측 못한 성공을 거두는 경우조차 있다. 어떤 책의 질은 정말이지 그 책이 성공하느냐 못하느냐와는 상관이 없다.

바로 이어서 던져지는 질문은 아주 간단하다. 좋은 책이란 무엇인가? 성공이 결정적이지 않다면 누가 책들과 그 질을 판정한단 말인가? 물론 사람들이다. 적어도 이 하늘 아래에서는 질문이 어떠한 것이든 대답은 항상 사람들이다. 하지만 어떤 사람들이란 말인가? 작가 자신들이란 말인가? 물론 아니다. 누가 하였는지 기억나지는 않지만 이런 말이 있다. "작가들은 서로 읽지 않고, 서로 감시할 뿐이다." 비평가들인가? 웃기는 이야기다. 50년이나 100년이 지나서 비평가들의 글을 읽기란 작가들의 글을 읽는 것보다 훨씬 고통스러울 것이다. 우리 모두 그 대답을 알고 있다. 유일한 판정관은 대중이다.

어떤 대중인가? 물론 미래의 대중이지 오늘의 대중이 아니다. 오늘날의 독자들은 자신들의 감정이나 열정, 사적인 관심으로 인해서만 눈먼 장님들이 된 게 아니다. 그들은 무엇보다 예술을 하는 동기들 가운데 하나이자 그 무서운 적인 유행이라는 강력한 힘에 사로잡혀 있다. 고르기아스나 소크라테스나, 라신이나 로트루나, 위고나 바르비에나, 발자크나 외젠 쉬의 당대에는 누가 위대한 철학자인지, 위대한 시인인지, 위대한 소설가인지 알아내기가 아주 어렵다. 현재에 그 의미를 줄 수 있는 때는 미래뿐이며, 어제의 인물들을 평가할 수 있는 이들은 미래의 사람들뿐이다.

그래서 돈을 버는 것 이외의 것에 관심이 있는 작가는 현재보다 미래를 선호한다. 그는 자기가 선택할 수 있다면 생전의 20만 명 독자들보다 사후의 2천 명 독자들을 더욱 선호할 것이다. 작가에게 맞는 것은 모든 예술가들에게도 맞다. 화가나 조각가나 음악가도 자신들의 작품이 사후에 평가받기를 원한다. 아마도 정치가나 군인, 금융가나 상인, 장인이나 어떤 의미에서는 과학자와 대조적으로 예술가는 종교를 믿는 신자처럼 생명을 초월한 미래에 소망을 두는 이라고 정의 내릴 수도 있을 것이다. "영원한 보물." "나는 청동보다 더 견고한 기념비를 세웠다." 그리고 "나의 전부가 죽는 것은 아니다."

이 시를 너에게 주고 싶다. 기쁘게도

아주 먼 후대에 나의 이름이 알려지고,

어느 날 밤 사람들의 뇌리에서 꿈이 되살아나면

강한 북풍이 좋아하는 함선…

　그리고 "사람들은 그를 묻었다. 그러나 장례가 있던 날, 밤
이 새도록 불을 켜놓아 조명을 받는 장식장에서 세 권씩 배열된
그의 책들이 날개를 펼친 천사들처럼 지켜보고 있었다. 그것은
이제 거기 더 이상 존재하지 않는 그를 위한 부활의 상징같이 여
겨졌다." 그 모든 것들이 그렇다.

사라진 꿈

　모래 속에 머리를 파묻지 말자. 미래에 대한 우리의 이미지는 이미 과거에 속한다는 말은 정말 일리가 있다. 예술의 미래여, 너는 어디에 있는가? 난 말이지, 아무도 날 찾으리라고 생각지 않는 곳, 즉 과거에 있단다. 미래의 독자란 더 이상 없다.

　왜? 모든 일들이 너무도 빨리 진행되고, 텔레비전은 일방적으로 강요하고 혼란시키며, 이미지들이 범람하고, 인터넷은 기억력이 없고, 모든 것이 뒤섞이고 동일선상에 있으며, 의혹이 지배하고, 더 이상 영웅이나 스승이 존재하지 않기 때문이다. 또한 시간이 흘러갈 뿐 더 이상 지속하지 않기 때문이다. 미래의 독자를 위해 글을 쓴다는 생각만으로도 낄낄거리는 비웃음 소리를 유발시킨다.

　미래가 있다는 것조차도 불확실한 때에 미래에 생존

할 가능성을 기대할 수 있을까? 미래는 새로운 세계를 계속 무력하게 하는 텔레비전과 새로운 세계를 파괴시킬 위험이 있는 묵시록들 사이에서 궁지에 몰려 있다. 내일에 기대를 걸기 위해서는 내일이 있다는 확신이 있어야 한다.

미래는 불확실한 것이 되었다. 아무도 영원을 생각하면서 글을 쓰거나, 그림을 그리거나, 조각을 하거나, 궁전이나 사원들을 건축하지 않는다. 역사는 그 어느 때보다 바빠졌다. 기계들과 화면 속의 영상들과 전자 메시지들과 유행들과 독트린들과 전람회와 시설물에 진열된 물품들의 평균 수명이 점점 더 줄어들고 있다. 오늘날은 모든 것이 불안정하고, 급변하고, 일시적이다.

미래의 독자에게 인정을 받는다는 것은 사라진 꿈이다.

사람들은 내게 프루스트와 클로델과 발레리와 아라공을 언급할 것이다. 미래를 바라보는 선견자이길 원해서, 아마도 실제로 선견자들이었기 때문에 그들은 이제 과거의 세계에 속한다. 사람들이 나에게 피카소에 대해 언급할 것이다. 카유아를 뒤이어서 새로운 시간들을 열기는커녕 피카소는 한 시리즈를 닫아 버렸다고 나는 주장하고 싶다. 전설과 영원한 화가들이라는 시리즈를 말이다. 전설적인 예술가들은 위대한 작가들처럼 과거에 묻혀 버렸다. 오! 여전히 화가들이, 조각가들이, 음악가들이, 작가들이 군중들을 황홀하게 할 걸작품들을 만들어 낼 것이다. 다만 오래 지속되어 기억에 남고, 찬사를 받는 일은 없을 것이다. 그들은 너무나 많은 추억들이 있기 때문에 더 이상 추억하지 않게 되는 시간의 격류 속에 사라져 갈 것이다. 그들은 이마에 일시적인 것이라는 표지를 달게 될 것이다.

잔해들

그래, 좋다. 그렇다면 무엇이? 아마도 아무것도? 누가 그것을 믿을 수 있을까?

세상은 물론 변하지만 한 가지 특징은 바뀌지 않는다. 존재하는 한 사람들은 뭔가 다른 것을 원할 것이다. 그들이 이미 가진 것과는 다른 어떤 것, 매일의 삶과는 다른 어떤 것, 짧은 인생과는 다른 어떤 것을. 각자가 이미 알고, 또한 겪고 있듯이 사람들은 꿈과 희망을 가지고 산다. 사람들은 꿈꾸는 것을 멈추지 않는다.

수천 년간 실상은 별 뜻도 없는 말을 후렴이나 교송(交誦)·리토르넬로처럼 반복해 오지 않았던가. 이렇듯 오랫동안 사람들은 내세에 희망을 두고 살았다. 구원과 신의 영광과 영생과 이웃들과 후손들의 기억과 새로운 세계와 혁명을 추구했다. 사람들은 사후에 다른 곳에서 보상을 받기 위해 선행을 베풀었다. 그들은 추억을 간직하기 위해서 동물의 뼈와 나무와 천 위에, 동굴 내벽에 그림을 그렸고, 또한 벽돌과 양피지 위에 글자를 새겼다. 그들은 보다 행복한 사회를 위해서 투쟁했다. 그들은 미래를 위해서 일했다. 신은 이 땅에서의 삶의 목표였다. 혁명은 종교였다. 미래는 약속이었다. 그런데 이 모든 것들이 무너지거나 붕괴되었다.

현재에 대해 불평을 하는 사람들이 많다. 미래도 역시 현재만큼 의심으로 갉아먹히고 있다. 무엇이 남아 있는가? 별것이 없다. 과학이 있음에도 불구하고, 아니 과학이 있으므로 해서, 진보가 있음에도 불구하고, 아니 진보가 있으므로 해서 우리에게 희망이 없어진다. 너무나 많은 것들이 아무것도 아닌 것이 되어 버림으로써, 너무도 많은 허무한 것들로 인해서 사람들은 거기에 익숙해질 수 있다. 하지만 고통스럽다. 주위를 돌아보라.

더 이상 진리는 없다. 진리가 변화되고 있기 때문이다. 과학은 진리를 수립한 만큼 진리를 파괴하고 있다. 그에 부합하는 결정적인 말은, 관찰자가 관찰한 사실을 수정할 수 없게 하기 위해서 쓰는 상대성·불확실성·비결정성·불가능성이라는 말이다. 선이라는 개념은 웃음거리가 된다. 많은 이들이 어떤 의무처럼 보이는 것을 열망한다. 그러나 그들은 그게 어디에 있는지 알지 못한다. 볼 수 없게 되어 버린 것이다. 다 산산조각나지 않도록 사람들은 자비와 사랑이라는 오래된 포도주를 새 부대에 담았다. 그리고 그것을 권력의 현장에서까지 보란 듯이 사용하면서, 사람들은 그 새 부대에 연대 의식이라는 이름을 붙였다. 무릎싸움을 치고, 모욕을 당하면서, 쓰라린 통한 속에서 아름다움은 고통스러워한다. 아무도 이제 더 이상 예술은 아름다움을 위하여 있노라고 주장하지 않을 것이다. 정말로 그 이름은 모두에게 이제는 잔해일 뿐이다. 설상가상으로 우리는 내일의 미로에서 우리를 인도해 줄 나침반을 잃어버렸다. 그래, 우리는 다른 것을 원한다. 그러나 그것이 무엇인지 우리는 알지 못한다.

마침내 우리는 사실을 알게 되었다. 우리의 꿈은 허상이고, 우리는 모래 위에 집을 짓고 있다. 아! 우리는 전진한다. 점점 더 빨리 우리는 전진한다. 우리는 전진하는 걸 멈추지 않는다. 그러나 우리는 어디로 전진하는지는 알지 못한다. 우리의 멸망을 향해서가 아닐까? 이런 말이 나돈 지도 꽤 오래되었다. 사람들은 역사를 만들지만, 자신들이 만드는 역사를 알지 못한다. 미래는 어두운 심연이다. 어떤 예술이 그 위에 꽃피울 수 있을까? 무엇이든 아직도 글을 쓰고자 한다면 마음을 잘 다잡아야만 한다. 그런데 누구를 위해서? 그리고 왜?

영원을 위해 글 쓰는 것을 그만두었다면, 왜 아직도 글을 쓰고 있는가?

우리는 왜 글을 쓰는가?

돈을 벌기 위해서? 일리 있는 말이다. 부르주아와 노동자 계급을 깜짝 놀라게 하고 싶은 의도에서 드리외 라 로셸은 "부자가 되고 유명해지기 위해서"라며 거들먹거렸다. 그리고 우리는 사실 어렵지 않게 문학사 속에서 돈을 받고 주문에 따라 쓰다가 나온 대작들을 발견하게 된다. 우연히, 혹은 상황에 의해서, 혹은 금전적 이득을 보려는 동기에서 그러하였을 것이다. 그러나 그것이 좋은 책들을 지어내는 가장 확실한 방법인지는 의문이 간다고 할 수 있다.

어떤 이들은 다른 것을 할 줄 몰라서 글을 쓴다고 말한다. 그 질문을 얼버무림으로 피해 가는 이들도 많다. 발레리는 허약한 탓에 소일거리로 글을 쓴다고 했다. 그리고 보르헤스는 몇몇 친구들을 위해서, 또 시간을 유연하게 보내기 위해서 글을 쓴다고 했다. 좀 더 찾아보자. 우리가 혼자가 아니기 때문에, 그리고 혼자 남지 않기 위해서 글을 쓴다는 말도 그럴 법하다. 좀 더 견고하고 지속적인 관계를 맺기 위해서, 다른 사람들에게 좀 더 높이 인정받고 평가받기 위해서 쓴다고도 한다. 이렇듯 겉으로 드러난 온갖 표현들 속에서 감추어진 어떤 것을 보는가. 그것은 사랑과 유사한 막연한 충동이다.

전해 오는 이야기에 따르면, 모차르트는 자기에게 무엇인가 연주하도록 압력을 넣는 이들에게 이같이 부탁했다. "먼저 나를 사랑한다고 말해 주오." 작가와 작중 인물들 사이와, 작가와 독자 사이에 이중적인 관계가 형성된다. 라신은 범인이라고 생각하는 페드라를 사랑한다. 볼테르는 바보 같은 캉디드를 사랑한다. 플로베르는 진짜 바보들인 부바르와 페퀴셰, 히스테릭하고 짜증나는 마담 보바리를 사랑한다. 그리고 우리는 그 계략들에도 불구하고 아니 그 계략들 때문에 율리시스를 사랑하고, 그 헛소리들에도 불구하고 아니 그 헛소리들 때문에 돈키호테나 백치를 사랑한다.

우리는 서로 원수가 되는 르 시드, 알세스트와 필랭트, 영웅 가브로쉬, 출세주의자 라스티냑, 고리오 영감의 비열한 딸들, 믿기 어려운 랑제 공작부인, 레날 부인의 손을 잡은 줄리앙 소렐이나 파브리스 델 동고 · 프레데릭 모로를 사랑한다. 그리고 미덕이라곤 없는 내 여자친구 나느도. 그리고 영국 소설들에 나오는 수많은 처녀들과, 성녀들과, 부랑아들과, 사악한 노인들과, 죽어가는 아이들을 사랑한다. 그리고 바흐와, 영광스런 순교의 소식을 꿈속에서 접하고 축제중인 함선에서 사절들과 함께 있는 성녀 우르술라의 이야기를 사랑하듯이, 위고와 뮈세와 보들레르와 툴레를 사랑한다. 문학이 예술과 같이 사랑 이야기가 아니라면, 대체 무엇이란 말인가?

이 이야기는 젊은 시절의 습작에서 이미 밝혔는데, 나는 오랫동안 젊은 여인들이 남편이나 연인의 품에 안겨서 내 책들과 나에 대해서 생각하기를 바랐다. 우리의 큰 스승인 세월이 이 꿈과 이 도발적인 생각을 넘어 흘러갔다. 반세기 동안 나는 많은 남성 독자들과 또 많은 여성 독자들의 편지를 받아 보았다. 여러 사람들이 나에게 한 아이가, 한 어머니가, 한 남편이, 한 아내가, 세상 그 무엇보다 사랑하는 한 존재가 죽어가면서 손에 《베네치아의 해관》이나 《신의 기쁨》을 붙잡고 있었다고 말해 주었다. 그리고 눈물로 이뤄진 이러한 관계가 미래의 독자라는 전망과 환상보다 더 나를 행복하게 해주었다.

눈물 속의 축제

　"슬픈 죽음을 향하여 하늘 드높이 환성을 올리며." 나는 기뻐했고 슬퍼했다. 미치도록 행복했다. 그리고 슬픔에 압도되었다. 내게 인생은 언제나 흥미진진해 보였지만, 세상은 눈물로 가득 차 있었다. 이 땅에는 악이 있기에 나는 역사가 언제 끝이 날는지 의심이 간다. 어제 고통을 준 악이 내일은 없으리라고 나는 믿지 않는다. 우리 앞에 빛나는 완전한 세계를 꿈꾸는 것은 살인적인 순진함이다. 많은 사람들이 세계를 낙원으로 변화시키고, 사람들에게 순수성을 회복시켜 준다는 루시퍼 같은 유혹적이고도 사악한 명분 아래 고통을 겪었고 죽음을 당했기 때문이다.

　역으로 어제는 달콤했고 내일은 악몽이 될 거라든지, 우리가 파멸을 초래할 거라는 말도 나는 믿지 않는다. 행복이 영원히 우리 뒤에 있다고 상상하거나, 진보는 허상이라고 주장하거나, 미래를 흉조로 보는 것은 망령이 든 가장 확실한 징후의 하나다.

우리는 항상 천사병과 절망이라는 두 가지 대조적이고도 불길한 유혹을 받는다. 낙관주의와 근거 없기는 마찬가지인 비관주의를 넘어서서 인생은 언제나 고통이었고 앞으로도 고통일 것이지만, 또한 기적이기도 한 것이다. 인생은 눈물 속의 축제이다.

역사에는 다른 시대보다 더 밝은 시대들이 있다는 것을 어떻게 부정할 수 있을 것인가. 그리고 어떤 시대들은 아주 어둡다. 마치 우리 인생에도 더 행복한 시절이 있고, 더 우울한 시절이 있는 것처럼 말이다. "나 상태가 별로 좋지 않아. 이런 때가 있지." 몽골족이나 훈족의 침략과, 포위된 도시들의 운명과, 쇼아 시대극에 달한 수많은 학살들과, 지난 몇 세기 동안의 아메리카 대륙 인디언들과 흑인들이 겪은 운명은 과거와 현재와 미래의 많은 다른 일들 가운데서 묵시록적인 장면들이다. 악이 수많은 가면들을 쓰고 달려오다가, 오랫동안 압축되었던 화산이나 폭탄이 갑자기 폭발하는 것처럼 폭발한다고 말할 수 있을 것이다. 게다가 우리 시대는 언제나 새로운 형태로 수많은 실례들을 보여주었다는 별로 달갑지 않은 특권을 누리고 있다.

끝이 없는 재난들 속에서 작업은 계속된다. 지진과 해일과 분화와 홍수와 페스트와 스페인 감기같이 인간의 사악성에서 비롯되지 않은 자연 재해들이 전쟁들과 증오심보다 더 많은 희생자들을 내기도 했는데, 사람들을 공격하는 모든 재난들 속에서도 역사는 은밀한 작업을 계속하고 있다. 역사가 유리한 전략적 위치를 확보하기 위해서 악을 이용한다고 말할 수도 있을 것이다. 어떤 이들은 전쟁과 큰 재난이 물질적·정신적 진보의 요인들이었다고 주장하기까지 한다. 나는 그런 걸 믿지 않는다. 전쟁을 찬양하는 것은 내게 항상 기괴한 것으로 비쳐졌다.

전쟁을 해야만 할 경우도 있다. 그러나 전쟁 그 자체를 좋아해서는 안 된다. 영웅들보다는 희생자들에게 더 내 마음이 간다.

역사가 그 숱한 재앙들 속에서 전진해 나아가는 걸 보면서, 나는 인간의 노력과는 상관없이 역사가 선하건 악하건 어떤 신비한 사명들을 가지고 한 유기체처럼 독자적으로 굴러간다는 조금은 무모한 생각이 들기도 한다. 역사는 균형을 회복시키는 사명, 강한 자들을 비참한 처지로 전락시키는 사명, 세상을 뒤흔들어 전진하게 하는 사명이 있는 게 아닐까. 전설에 불과할지도 모르는 모세 시대까지 올라가지 않더라도, 또는 전쟁의 흐름을 바꾼 운명적인 사건들까지 가지 않더라도, 또는 스페인 무적 함대를 물리친 태풍까지 가지 않더라도, 베를린 장벽의 붕괴와 뉴욕 쌍둥이 빌딩의 폭격이라는 예측 불허의 두 개의 사건들이 이런 생각을 강화시킬 수 있었다. 물론 그 생각은 물질적 역학과 형이상학 사이의 중간쯤에 위치한 운명론적인 것으로 허황된 것에 지나지 않는다.

　세상에는 악이 있다. 인생과 우리들 각자의 마음에도 악이 있다. 시대에 시대를 거치면서 한센병, 페스트, 천연두, 결핵, 매독, 암, 우울증, 에이즈, 알츠하이머, 파킨슨병이 줄을 이었다. 정치사 · 사회사 · 경제사 · 문학사와 대조해 보는 의학사를 써볼 수도 있을 것이다. 폐결핵은 19세기에 창궐했는데, 대표적인 두 여성이 그것을 뚜렷하게 보여주었다. 폴랭 드 보몽은 로마의 트리니테 데 몽의 발치에서, 샤토브리앙의 팔에 안겨 죽어가기 전 그에게 편지를 쓴다. "기침이 덜해지고 있어요. 하지만 그건 소리 없이 죽어가기 위한 것이라고 저는 믿어요." 그리고 아들 뒤마인 알렉상드르 뒤마에게서 주세페 베르디에게로 간 '춘희'는, '라 트라비아타'가 되어 기침을 하면서 노래를 부르며 우리들로부터 떠나간다.

　과학이 고르곤의 모습들을 잘라 버릴 때마다 새로운 머리들이 히드라처럼 나와서 작업을 계속하고, 공포를 확산시킨다. 우리들 중 그 누구도 한층 더 강하게 엄습해 오는 악으로부터 안전하지 않다. 그 악에 대하여 기독교는 훌륭하게 설명하고 있다. 원죄라는 개념과, 또한 어떤 의미에서는 역사의 악을 대속하기 위해서 인간이 신에게 바쳐진 것이 아니라 신이 인간에게 바쳐진, 숭고한 희생 제물로서의 성육신이라는 개념으로 말이다. 그러나 악은 스스로 붕괴될 수도 없고, 승리할 수도 없다. 우리는 악을 제거하지 못할 것이고, 악은 전적인 승리를 얻지 못할 것이다. 역사는 자기 자신과 언제나 다르게, 언제나 유사하게 나아간다. 역사는 결코 변화하기를 멈추지 않을 것이다. 또한 역사는 결코 변화하지 않을 것이다.

그러나 불변하면서도 창의적인 역사는 시작이 있으므로 끝이 있을 것이다. 그러므로 역사에는 방향(sens)이 있다. 이 말의 이중적인 의미에 따라 역사에는 시간의 흐름에 연결되어 있는 방향이 있고, 또한 의미가 있다. 그러나 그 의미를 우리는 알 수가 없다. 역사의 의미는 비밀이다. 그리고 그 의미를 관철하고자 하는 우리의 시도는 실패할 수밖에 없다. 그 의미를 발견했다고 믿는 사람들은 커다란 재앙을 자초한다. 신의 존재와 같이 역사의 의미는 숨겨져 있다.

떨어져서, 아주 멀리 떨어져서 보면 세상은 미지의 목적을 향해 나아간다. 결국은 생명에 대한 사랑으로 극복하고 용납한 그 모든 고난들을 겪은 후에 역사의 의미는 무엇과 닮아 있을까?

내 생각으론 예측할 수 없는 어떤 재앙이나, 혹은 극적으로 되찾은 평화와 비슷하리라 추측해 본다. 얼마나 무서운가! 그러면서 또 얼마나 행복한가! "슬픈 죽음을 향하여 하늘 드높이 환성을 올리며."

밴쿠버라는 이름

　괴테가 여기 있으니 계속해서 그의 말을 들어 보자. "어떤 모습일지라도 삶은 좋은 것이다." 그렇다, 그 모습이 어떠하든 삶이란 좋은 것이다. 삶은 이따금 창 밖으로 내던져지기도 한다. 그렇더라도 삶이란 좋은 것이다.

　삶의 예찬을 제하고서 이 책의 첫 페이지부터 대체 내가 무얼 하였고, 또한 지금까지 무얼 하였을 것인가? 삶을 외면하는 이시대에 그 누구보다도 나는 삶을 사랑했고 찬양했다. 삶이 가져오는 불행이나 죄악들도 무시해 버리지 않았다. 나는 격식을 차려 삶을 위한 찬사를 올리지는 않았다. 좌대 위에 올려 놓고 삶을 찬미하지도 않았다. 나는 그 주위에 배타적이고도 육중한 어떤 체계를 세우지 않았다. 낮은 목소리로, 거의 들릴까 말까 하는 소리로 나는 삶과 마음이 잘 통한다고 속삭였을 뿐이다.

　나는 삶을 한 여자처럼 사랑했다. 일을 위한 시간을 거기 투자했다. 거기에 너무나 많은 시간을 보냈다고 말할 수도 있다. 삶에 대한 염려는 하지 말아야겠지만, 그 삶을 채우고 그 삶에 고귀함과 의미를 주는 것에 대해서는 관심을 가져야만 하지 않을까?

지금은 후회가 되는 바이지만, 삶으로 어떤 예술 작품과 유사한 뭔가 눈부시고 알찬 것을 만들고 싶어했다. 훗날 각 개인의 삶은 다른 사람들의 삶이 있기에 가치가 있는 것임을 나는 확신하게 되었다. 오랫동안 나 자신은 내 삶과만 춤을 추었고, 손에 손을 잡고서 어디든 함께 다녔다.

우리는 단둘이서 여행했다. 우리는 카페 테라스에서 플라타너스의 그림자와 태양을 추적하곤 했다. 그리고 바다가 보이는 언덕 꼭대기에서 과거의 흔적들을 추적하곤 했다. 나는 정말 여행하는 것을 좋아했다. 셀린이 얼간이들의 어리벙벙한 짓이라고 일축한 것에 나는 많은 것을 투자했다. 또한 열정적으로 마르셀 티리의 시를 읊곤 하였다.

밴쿠버라는 이름만 들어도 창백해지는 그대…

혹은 모리악이 그렇게도 찬탄해 마지않던 장 드 라 빌 드 미르몽의 시를 읊었다.

내 안에 채워지지 않는, 멀리 떠나고 싶은 욕구가 있기
에…

나는 세상의 모든 길로 내 삶을 이끌어 갔다.

여행에서 가장 좋은 게 있다면, 사랑할 때도 마찬가지
이겠지만 계단을 오를 때처럼 다 올라간 이후이거나 특히 그
이전이다. 떠나는 것은 그래서 꿈꾸는 것과 혼동이 된다.

나는 앙코르, 이스파한, 사마르칸트, 바미안, 악바르 시대
의 명물인 파테푸르 시크리, 물이 없어서 15년간 방치된 무굴, 보
로부두르, 발리, 마추 픽추, 카르타헤나, 멀리 있는 하드라마우
트, 코나라크, 자간나타를 숭배하는 푸리, 잔지바르 혹은 마스카
트를 참 많이도 동경했다. 이름들은 당연히 그 일에 큰 역할을 하
였다. 기대를 저버린 이름들 때문에 실망했던 기억도 있다. 예를
들면 아르튀르 랭보의 전설이 떠도는 그 끔찍한 아덴의 분화구로
서, 거기엔 여전히 메종 바르데가 있었다. 또한 하르툼 가까이의
백나일 강과 청나일 강이 만나는 옴두르만에는, 음산한 경치에다
주변에는 시선을 끌 만한 것 하나 없이 단두대처럼 아이들도 없
는 그네 하나만이 세워져 있을 뿐이었다. 옛날의 마력이 나를 사
로잡았다. 작열하는 태양과 상상력, 눈부심, 신기루가 나를 사로
잡았다. 많은 내 책들과 무엇보다 《제국의 영광》이 이 먼 여행에

152

서 나왔고, 또한 이 먼 곳들에 대한 동경에서 나왔다.

연필도 종이도 지니지 않고 나는 세계를 두루 다녔다. 일상의 삶을 이용해서 이득을 보는 문학가와, 보고 듣는 것을 기록하는 관찰자가 나는 싫다. 관찰하는 것은 창작하는 것보다 훨씬 열등한 것이다. 문학은 관찰한 것들을 가지고 수놓듯이 기록하는 것이 아니라 추억 속에서 창작하는 것이다. 주머니에 손을 찌른 채 나는 고개를 쳐들고 돌아다녔다. 나는 가벼웠다. 나를 무겁게 할 수 있는 모든 것들을 뒤로 했다. 탐욕과 시기, 나서고자 하는 취향, 명예를 바라고 기성의 권위를 바라는 온갖 욕심을 말이다.

여행하는 것은 타성과 험담과 업무상의 점심 식사와 업무 교류, 체계적인 권위, 서로에 대한 축하 인사를 포기하는 것이다. 내 나이 또래의 사람들이 높은 직위에 올라가 남들을 이기고, 대부분의 경우 하찮은 것에 불과한 것들을 얻어내는 것을 보았다. 나는 무위도식하다가 언젠가는 최선을 다할 것이라고 생각했다.

한 일이 별로 없었다. 너무 멀어서 비현실적으로까지 보이는 미래에 가서 일하려고 기다리는 동안, 나는 열심히 적잖은 성공을 거두며 내 시간을 버리는 기술을 익혀 왔다. 나는 어딘가 다른 곳에, 모든 것으로부터 멀리 떨어져 있었다. 무례함과 무관심으로 누가 찾으면 없다고 했다. 이런 부재

와의 친밀함, 무(無)와의 막역함은 추억들과 전설들로 가득
찬 세계 속에서 계속되었다.

율리시스와 호엔슈타우펜 왕조, 그리고 지중해의 햇살이
압도하는 연안 지대에 있었던 소크라테스 이전의 철학자들, 그리
스의 비극들, 베네치아의 화가들, 라틴계 시인들, 르네상스 시대
교황들의 그림자들과 함께 나는 늑장을 부리고 있었다. 거기에서
빛과 무의 왕국이 빛나고 있었다.

　　　태양이여, 태양이여…! 번쩍이는 허공이여!
　　　죽음을 은폐하는 너, 태양이여…
　　　너는 사람들이 알지 못하게 막는구나
　　　우주는 순수한 무(無) 속에 있는,
　　　하나의 공(空)이라는 사실을…!

　　　네가 절대자에 대해 퍼뜨린,
　　　네 거짓말은 언제나 나를 즐겁게 했다
　　　오, 불로 달궈진 그림자들의 왕이여!

나는 태양을 좋아했다. 태양은 내가 생각하는 것을 방해하
곤 했다. 결코 두려워한 적이 없었던 것 같은 죽음과, 애써 숨겨

온 불안으로 가득 찬 삶에 대해서 생각하는 것을 말이다. 태양은
저 위에서 이 세상을 자신의 빛 속으로 잠기게 했다.

내가 나에 대해서 간직하고 있는 가장 친숙하고 지속
적인 이미지들 가운데 하나는, 책들과 서류들과 나중에는 전
화들까지 달려드는 진절머리나는 파리의 사무실에서 눈을
들어 창 밖으로 구름 한 점 없는 하늘을 바라다보는 내 모습
이다. 그러면 남쪽을 향해서, 프로방스 지방이나 이탈리아를 향
해서, 섬들이 점점이 떠 있고 돛단배들이 달리고 편백들과 올리
브나무들이 즐비한 지중해를 향해서 떠나고 싶은 아주 강한 욕망
이 나를 사로잡는다. 지중해에 대해서는 예전에 호메로스와 베르
길리우스와 미스트랄과 지오노가 내게 미리 들려주었다. 그래서
나는 떠났다.

몬테풀치아노와 피엔차 사이에 있는 오르타 호숫가에서, 라
벨로 옆의 토디 광장이나 아스콜리 피체노 광장에서, 벨라지오
광장과 트라니 광장과 레체 광장에서, 스플리트나 두브로브니크
거리에서, 스키아토스나 시미 해변가에서, 페티예나 케코바나 카
르나크나 팔미라 해안에서, 나는 행복했다. 우리는 커피를 마셨
다. 우리는 독일의 왕이며 신성 로마 제국의 황제, 시칠리아와 예
루살렘의 왕이며 이슬람의 친구이자 교황의 적, 한편으로는 세상
의 총아이자 다른 한편으로는 적그리스도인 프리드리히 2세에 대

한 생각에 잠겼고, 해상 공화국들에, 그들의 제독들에, 천재들이자 부랑아들이었던 카라바조와 아레티노에, 그리고 승자이며 동시에 패자인 삶의 실존을 보여주는 제노비아 여왕에 대한 단상에 잠겼다. 우리는 또한 산정의 호수와 포도주 빛을 띤 바다로 수영을 하러 가곤 하였다.

내가 누린 행복의 심연에는 번민이 있었다. 나는 세월의 흐름을 감지했다. 세월은 무덤을 넘어서, 사원의 돌들을 넘어서, 바다의 연안을 넘어서, 옛 시대가 남긴 온갖 추억들을 넘어서 흘러갔다. 또한 나를 넘어 흘러갔다. 세월은 나를 강하게 압박했다. 시간은 나에게 겁을 주어 항복을 얻어내기 위해 공간과 연합하였다.

세월! 세월! 세상은 그렇게 아름다웠고, 나의 삶은 무익하였다.

세월… 나의 삶… 정말이지 아무것도 하지 않으면서 무얼 할 수 있을 것인가?

가능성이 주는 희열

　나에게는 모든 것이 가능하다. 모든 것이 내게 허용되어 있다. 세계는 내 것이다. 나는 자유롭기 때문에 전능하다. 나는 기존의 질서를 바꿀 것이다. 하늘의 하늘을 발견할 것이다. 타인들이 한 것을 나 또한 할 수 있다. 그들처럼, 아니 성공했다고 생각하면서도 계속하여 실패하기만 하는 그들보다 더 잘할 수 있다. 자유는 언제나 창조적이다. 자유는 세계에 젊음을 준다.

　나는 많은 군중들을 내 뒤에 끌어모을 수 있다. 제국들을 창건할 수 있다. 그리고 그것들을 파괴할 수 있다. 나는 혁명을 할 수 있다. 다른 물질을 발명할 수 있다. 새로운 시간들을 열 수 있다. 나는 사후에도 길이 남을 걸작품들을 창작할 수 있다. 모든 것이 나로 인해서 존재한다. 모든 것은 나에게로 오고, 모든 것은 나로부터 나간다. 내가 한 인간이므로 해서 역사를 만드는 것은 바로 나다.

나는 한 인간이다. 그밖에 또 무엇이란 말인가? 다른 곳에서 더 빨리 혹은 더 늦게 태어날 수도 있었고, 오늘의 나와는 아주 딴판일 수도 있었다. 그런데 지금 여기서 내가 쓰는 언어는 프랑스어이고, 교육은 기독교식이며, 민주주의는 내가 선택한 것이다. 지금 여기서 나는 평등을 믿고, 모든 사람들이 가치가 있다는 것을 믿는다. 가장 가난한 사람들, 가장 연약한 사람들, 가장 가진 것 없는 사람들도 나와 동일한 가치가 있음을 인정한다. 또한 가장 위대한 사람들과 내가 동일한 가치가 있음을 인정한다.

사람들은 세계를 사유한다. 나 역시 그렇다. 물론 아리스토텔레스나 스피노자나 칸트나 하이데거보다는 힘과 재능 면에서 달리지만 말이다. 각자 나름대로의 방식이 있는 것이다. 나보다 더 빨리 달리는 사람들도 많고, 나보다 더 민첩한 사람들도 많고, 나보다 더 많은 언어들을 쓰는 사람들도 많고, 우주를 지배하는 숫자와 언어를 사용하는 데 나보다 덜 힘들어하는 사람들도 많다.

많은 사람들은 나보다 덜 편협하다. 그러나 우리 모두는 같은 재료로 만들어진 사람들이다. 우리는 서로 말할 수도, 서로 이해할 수도, 서로 사랑할 수도, 우리 사이에 서로 재생산할 수도 있다. 우리는 함께 마실 수도 있고, 웃을 수도 있다. 서로서로 아주 가까우므로 우리는 서로를 미워하기조차 할 수도 있고, 서로를 경멸할 수도 있다. 우리가 표범을 미워한다거나 성게를 경멸한다는 것은 생각조차 할 수 없다. 증오는 아주 인간적인 것이다. 경멸도 역시 그렇다. 우리는 온갖 열정과 자질을 가진 인간이다. 우리는 운명으로부터 자유롭다. 원하는 것을 한다. 나는 모든 것을 할 수 있다.

나는 한 인간이다. 나는 자유롭다. 그들이 먼저 존재하지 않았다면, 나는 아브라함이나 모세나 미노스나 로물루스가 되었을 수도 있었고, 이자나기와 이자나미와 아마테라스의 후손일 수도 있었다. 사람들이 말하는 성공담들을 이해하는 것이 내게는 어렵지 않다. 나는 그들과 비슷하다. 그들이 위대한 일을 하였다면 나 역시 그것을 할 수 있었다.

다른 곳에서 다른 시간에 났더라면 나는 살인자나, 사형집행자나, 망나니나, 사기꾼이나, 노상강도나, 좀도둑이나, 조국에 대한 배반자나, 배교자나, 반역자일 수도 있었다. 나는 그러한 이들 가운데 한 사람으로 살아가는 내 모습을 보는 데 어떤 어려움도 없다. 그러한 능력들이 내게 있음을 느끼고, 때로는 그러한 의욕까지도 느낀다.

나는 아주 자주 거짓말을 했다. 도둑질 또한 내게 초인적인 노력을 요구하는 것이 아니었으리라. 도덕성이나 심리적인 문제들보다 상황이 먼저다. 나는 어떤 상황을 상상해 본다. 그 상황에서 아마도 두려움을 느끼면서 그래도 해야 할 일은 해야겠기에 압력을 행사하여 나의 적들을 제거하려 했을 것이다. 사람들을 마치 손으로 끌고 가듯이 한 방향으로 이끌어 가는 역사의 어떤 시점들이 있다. 어떤 위기의 시점이나 혁명의 시점에서 나는 무엇을 했었을까? 살람보 시대의 카르타고에서, 진시황 때의 중국에서, 뉴기니의 야만족 속에서, 불의 전쟁 시대의 동굴 속에서 나는 무엇을 했었을까? 나는 나의 본성을 크게 거스를 필요 없이 그 차이가 백지장 한 장에 그치는 살인자나 영웅이 되었을 수도 있다고 믿는다. 왜냐하면 나는 한 인간이고, 자유로운 존재이기 때문이다.

역사는 무엇이나 될 수 있는 우리의 자유를 방해한다. 나는 자신의 시대에 대해 징징 짜는 이들과 같지 않다. 나의 시대는 소박했고, 우리는 서로를 미워하지 않았다. 나는 또한 생시몽과 디드로의 영향을 받은 계몽 시대와 강철같이 강한 영향력을 끼친 고전주의 시대의 말기에 살았더라면 좋았을 것이다. 혹은 화가와 시인과 항해자가 등장하는 르네상스 시대였더라면 좋았을 것이다. 또는 세계를 향한 계획을 구상하며 이슬람교도 호위병을 거느리는 위대한 인물과 팔레르모의 궁전이 있는, 그 잔혹한 14

세기의 페스트나 대량 학살이 있기 이전의 아름다운 13세기 초엽이나, 기원전 5세기 초엽도 좋았을 것이다.

기원전 5세기에 역사는 복잡하게 얽힌다. 당시 한 건강하고 운이 좋은 모험적인 여행객이 있었다고 하자. 그 모습에서 여러분은 내 모습을 상상해 보라. 그 여행객은 수년 내에, 각각 다른 시점에서 죽음을 앞둔, 석가모니나 붓다라고 불리는 고타마 싯다르타를 북인도 구릉 지대에서 만날 수 있었을 것이고, 히말라야 저편의 중국에서는 우리가 콩푸시우스라고 부르는 공자 선생과 도교의 창시자이자 《도덕경》의 저자인 노자를, 또 활력이 흘러넘치는 지중해 연변에서는 헤라클레이토스와 파르메니데스를, 그리고 마지막으로 크세르크세스의 페르시아와의 전쟁기를 벗어나 페리클레스 시대로 들어가는 아테네에서 아주 젊은 나이의 소크라테스를 대면할 수 있었을 것이다.

정말 좋은 시대였다! 어쩌면 그 살아 있는 전설들 가운데 한 인물이 여행객인 나와 우정을 맺게 되지는 않았을까? 나는 그의 의복과 신발을 잘 갖추어 주며, 또 마실 것을 가져다 주고는 그 발치에 앉아서 그의 말을 경청하였을 것이다.

우리는 늘 꿈꿀 수가 있다. 그리하여 내 이름이 팔리어로 오렌지색 가사를 걸치고 길에서 탁발을 하는 비구들의 기원 속에 오를 수도 있고, 중국어로 《노자》와 《장자》에, 그리스어로 《향연》

이나 《대화》《페드르》에 등재될 수도 있을 것이다. 그리고 수많은 학생들이 소크라테스 옆에서 일리소스의 신선한 강물에 발을 담그고 있는 내 모습이나, 혹은 감옥에 갇힌 철학자가 죽기 직전 아스클레피오스에게 바치고 싶어하는 수탉을 찾아서 두 눈 가득 눈물을 글썽이며 급히 뛰어가는 내 모습을 상상할 수도 있었을 것이다.

내가 소설을 쓴 것은 다른 것을 동경하였기 때문이다. 내 운명에 불만을 가지지는 않았지만, 그것으로 충분하지도 않았다. 나는 나의 자유를 이용하여 다른 곳으로 피해 갔다.

그 자신보다 강한 정복자인 알렉산드로스 대왕으로부터의 공격에, "내가 알렉산드로스라면 패퇴하더라도 싸울 것이다"라고 말한 파르메니오가 되고 싶었다. "내가 파르메니오라면, 제우스 신에게 맹세코 나 역시 그렇게 할 것이다." 알렉산드로스 대왕은 또 이렇게 답하였다.

눈 덮인 마케도니아 산맥에서 인더스 강 유역까지, 나는 그 영웅 알렉산드로스를 따라가고도 싶었다. 아시아에서, 마르코 폴로의 전임자인 프란체스코수도회 수도사 플라노 카르피니와 기욤 드 뤼브뤼키가 사막에 설치한 펠트로 만든 장막 속에서 칭기즈 칸을 알현하는 장면에도 참석하고 싶었으며, 마젤란이나 바스코 다 가마의 범선을 타고서 미지의 대륙을 항해하고도 싶었다. 카를 5세며 부르봉 공작과 더불어 1527년 로마를 공격하거나, 그와 반대로 줄리오 데 메디치라 불렸던 교황 클레멘스 7세와 쇠뇌 공격으로 산탄젤로 성을 폐허로 만들어 버린 벤베누토 첼리니의 기치 아래 북쪽에서 내려온 야만족들로부터 그 영원한 도성 로마를 지키고도 싶었다. 훗날 스탕달이라는 이름으로 알려진 마리 앙리 벨과 함께, 혹은 그 반대편인 지역 시장 표트르 바실리에비치 로스토프친과 함께 모스크바의 대화재로부터 도망치고도 싶었다. 예의 모스크바 시장의 딸은 프랑스로 건너가 세귀르 백작부인이 되며, 《모범적인 작은 소녀들》《어느 바보의 비망록》《소피의 불행》《두라킨 장군》이라는 책들을 썼다. 불행한 사건들의 중심에서 한 남자 혹은 한 여자가 되어 소설을 쓰는 일은 얼마나 크나큰 행복이랴!

어떤 소설들을? 아, 그렇다… 과연 어떤 소설들을 쓸 것인가? 두 차례 세계대전 사이, 보르들레나 샤랑트 지역의 프랑스 사회를 묘사하는 것은 어떨까? 제3공화정 시대 파리의 한 프티부르주아의 정치적 도덕적 여정은? 알제리 전쟁 때나 지스카르 데스탱 시대 프랑스 남부에서 그 애인을 찾아가는 젊은 처녀의 모험은? 미테랑 시대 사회적 분쟁 지역인 파리 교외 지대에서 일어난 사회적 단절 현상은? 아! 브라보! 참 좋다. 모든 플롯을 배제하고, 영어 소설류의 등장 인물들을 피하고, 픽션의 새로운 방향을 모색하는 것은? 훨씬 더 좋다. 문화 시설의 객석에 앉아서 관람을 하는 온갖 친구들의 갈채가 들리는 듯하다. 젊은이들에게 열정을 불어넣는 것은 바로 이러한 것들이리라고 나는 믿는다.

자, 농담은 이것으로 족하다. 기존의 표현들, 그것들과 유사한 표현들을 다양한 형태로, 때로는 모순되는 형태로 끊임없이 되풀이하는 것은 싫증나는 일이며, 솔직히 말하자면 정말 지겨운 것이다. 그렇다면 우리는 어떤 것을 해야 하는가? 문제와 그 해결책 속에서 우리 모두는 질식할 지경이므로 신선한 공기가 필요하다. 나는 신선한 바람을 더욱 좋아하게 되었다. 우리의 지방 도시나 센 강 유역과는 다른 전경들을 동경했다. 나는 성적인 이야기나 사회 문제를 나누는 이 시대보다는 다른 시대를 상상했다. 카페 뒤 코메르스에서라면 다른 사람들처럼 나도 그런 이야기에 관심을 두었을 터이지만, 소설로는 지겨워서 그만 손을 놓게 되었다.

기성복처럼 이미 만들어지고 고안되어서, 그 시대의 무대 위에서 심벌즈며 나팔 소리와 더불어 소개된 기존의 표현법이나 표현과는 다른 것을 나는 상상했다. 내가 기존의 흐름을 좇았다고는 비난하지 못할 것이다. 나는 그 물결 속에서 춤추지 않았다.

아이스킬로스며 베르길리우스·단테·셰익스피어는 이따금씩 돌아다보기는 했지만, 내게는 너무도 위대한 거장들이었다. 그래서 나는 뜻하지 않게 만난 인물들과 주로 함께했고, 그들과 친근해졌다. 그들 가운데 은둔자 트리스탕과, 나의 애인 나느가 되어 준 테오필 드 비오, 막심 뒤 캉, 루이 부일레, 퐁트누아의 승리자이며 조르주 상드의 증조부이자 아우로라 드 쾨니히스마르크의 아들인 모리스 드 삭스, 그리고 마요네즈가 유래된 마온의 인물이며 볼테르의 친구인 리슐리외 원수가 있다. 리슐리외 원수는 뭇 여성들을 사랑하였으며, 여성들 또한 그를 깊이 사랑했다.

여성 인물들 가운데는 샤토브리앙의 연인이자 몇몇 다른 남성들의 연인이기도 했던 호르텐스 알라르나 나탈리 드 노아유, 15세 무렵 베네치아에서 연인인 피에로 보나벤투리와 더불어 야반도주를 감행한 비앙카 카펠로가 있다. 또한 자세히 기억나지는 않지만 '니냐' 나 '핀타' '산타마리아' 호에서, 10월의 어느 날 다른 날들처럼 "육지다!"라고 외쳤던 망보초 선원도 있다. 이는 곧 15세기말에 이미 바다와 북해 여왕의 몰락의 전조가 되었다.* 물론 해상 제국의 여왕은 함선 뷔쌍토르호 주위에서 300여 년간 카니발과 가면무도회를 계속하였지만 말이다.** 게다가 라벤나의 연회장에서 동고트족 왕 테오도리쿠스에게 살해당한 게르만족 전사

165

오도아케르도 있다.

　나는 회피하려고도 했고, 위로 도망가려고도 했고, 잊어버리려고도 했다. 그러다가 어찌된 일인지 나는 기억해 내려고도 애썼다. 나는 파리 남부에서, 외교관인 아버지와 가정주부인 어머니 사이에 태어났다. 그 시대는 스탈린과 히틀러, 아인슈타인, 피카소, 찰리 채플린 등이 활동하던 때였다. 나의 자유는 남들처럼, 아니 남들보다 더 많은 역사의 제한을 받았다.

　물론 역사에 의해서 말이다. 내가 갇혀 있는 시간에 의해서, 공간에 의해서, 유전에 의해서, 나의 주변 환경에 의해서, 한없는 나의 어리석음과 또 다른 많은 것들에 의해서 나의 자유는 제한을 받았던 것이다.

---

　* 콜럼버스가 아메리카 대륙을 발견한 것은 1492년 10월 12일로 알려져 있다. 영국이 스페인의 무적 함대를 물리쳐서 바다를 제패하게 된 것은 1588년의 일이다. 해상 왕국 영국은 20세기에 와서 미국에 그 자리를 넘기게 되지만, 작가는 영국이 해상 왕국으로 성립하기 전인 15세기말에 이미 아메리카 대륙의 발견으로 그 몰락이 예고되어 있었다고 재미있게 말하고 있다.
　** 영국 이전에 베네치아는 해상 무역의 중심지였다. 베네치아에서는 이를 축제로 삼아 베네치아라는 해상 여왕이 신랑인 바다에 결혼하러 가는 의식을 뷔쌍토르라는 이름의 함선에서 치렀다. 그 주변에서는 카니발과 가면무도회가 열렸다. 이를 빗대어서 작가는 해상 왕국인 영국이 미국에 그 우위를 넘겨 주기까지 300여 년간 그 자리를 지킨 사실을 표현하고 있다.

오직 시간

시간만큼 인간과 가까운 것은 없다. 각자에게 시간은 삶과 이 세계와 인간 자신만큼이나 가까이 있다. 나와 여러분에게 시간은 가장 친밀한 것이다. 우리는 공간 속에서는 점점 더 용이하게 이동할 수 있다. 그런데 우리는 이 시간에는, 이 시대에는 고정되어 있다. 공간은 우리가 가진 힘의 형상이다. 시간은 우리의 무력함의 형상이다. 우리는 공간의 주인이다. 시간은 우리의 주인이다.

사람은 태어나면서 시간 속으로 들어간다. 사람은 죽음으로써 시간 속에서 나온다. 인간 존재의 끝에서 끝까지 시간은 인간과 함께한다. 기본적인 에너지, 물질, 생명은 먼저 시간으로부터 연유한다. 사유도 그러하다. 이 세상과 이 세상 너머의 모든 것이 시간이 작동한 빅뱅에서 나온다. 그리스인들은 이미 알고 있었던 것처럼 사람들 모두는 예외 없이 시간의 산물들이다.

내가 쓴 모든 작품들은 시간을 중심으로 맴돈다. 《제국의 영광》의 중심 인물도 시간이다. 《신의 기쁨》의 중심 인물은 마초에르 감독의 영화에서 자크 뒤메닐이 연기했던 할아버지도 아니고, 나의 가족으로부터 희미하게 영감을 받았던 그 가정도 아니며, 책에서는 플레시스-레-보드르외라고 하였지만 실제로는 영화에서와 같이 생-파르조였던 그 성채도 아니고, 그 모든 것을 파괴하는 시간이 바로 중심 인물이다. 《방랑하는 유대인의 역사》의 중심 인물 역시 시간임은 너무도 자명하다. 나는 시간 이외에 다른 것에 대해서 말한 적이 없었다.

시간은 각 개인의 삶에 아주 잘 동화되어 있어서 망각하거나 놓쳐 버리기 쉽다. 나는 자주 성 아우구스티누스의 《고백록》 제11권에 실린 다음과 같은 말을 인용하고는 했다. "네가 나에게 시간이 무엇이냐고 묻지 않을 때, 나는 시간이 무엇인지 안다. 네가 나에게 시간이 무엇이냐고 물을 때, 나는 시간이 무엇인지 더 이상 알지 못한다."

시간은 수수께끼라고 우리는 말할 수 있다. 누군가 시간을 간직할 수 있다면 시간은 하나의 비밀이 되고, 누군가 시간을 미지의 세계나 혹은 다른 어떤 것과 연관시킨다면 시간은 하나의 신비가 될 것이다.

주위의 많은 것들이 우리를 놀라게 하고 두렵게 만든다. 우

주의 기원과 그 거대함, 우연성과 필연성의 작용, 자연과 삶의 복
잡성, 역사와 인간의 운명의 의미, 죽음의 숙명이 그러하다. 물고
기들이 바다 속에 있는 것처럼 우리 모두는 시간 속에 있다는 점
은 주목할 만한 역설적인 사실이다. 당연한 것처럼 보이는 움직
임에 대해서 우리는 거의 의문을 품지 않는다. 시간은 흘러간다.
이것보다 더 단순한 것이 또 있는가?

　　답변: 아주 복잡한 현상들이나, 물리수학과 세포생물학과
심층심리학과 신학의 가장 논란 많은 이론들에 이르는 그 모든 것
들도 시간보다는 단순하다. 그림 속에서 토끼 모양 찾아내기 같
은 아이들의 알아맞히기 게임은 시간의 형이상학 서론으로 사용
될 수 있을 것이다. "나는 내일이 되었고, 어제가 될 것이다.
그렇다면 나는 무엇인가?" 여러분에게 답을 찾는 데 5초의
시간이 주어진다. 그 답은 '오늘'이다. 모든 것이 시간 속에서
는 똑같고, 그 속에서 우리는 계속해서 속아 넘어가고 있다. 이는
아주 애매하고 철두철미 개연성이 없지만 명백한 사실이다.

　　우리는 시간을 볼 수도, 들을 수도, 만질 수도, 느낄 수도
없다. 시간이 존재하기는 하는가? 유감스럽게도 그렇다. 시간은
존재한다. 그러나 시간은 존재의 그림자가 없다. 시간은 존
재하지 않을 때까지도 붙잡을 수가 없다. 그렇더라도 시간은 이
세상에서 우리가 가장 의심할 수 없는 것이다. 언어나 사상도 희

미한 존재 양식들을 가지고 있다. 언어는 물건이나 식물이나 동물이 아니다. 그리고 사상은 더욱더 아니다. 이것들은 아주 이상한 것이다. 우리는 적어도 이것들이 어디서 나오는지는 안다. 그것들은 우리 자신으로부터, 우리의 목으로부터, 우리의 입으로부터, 우리의 입술로부터, 우리의 뇌로부터 나온다. 혀를 자르면 더 이상 언어가 없다. 머리를 자르면 더 이상 사상이 없다.

시간은 어디서 오는가? 아무도 아는 이가 없다. 시간이 무엇인가? 우리는 알지 못한다. 그러나 시간은 여기에 있다. 그게 전부다. 그리고 시간 자체가 골조요 핵심으로 구성된 세계 위에 군림하고 있는 까닭에 여기는 약간만이 있다. 밤이 가고 낮이 가고, 세월이 우리 위로 흘러간다.

시간은 지나간다. 지나가는 것은 무엇인가? 질량도 없고 형태도 없이 얼어 있는 것, 만질 수 없는 흐름이 우리가 시간이라고 부르는 것인가? 혹은 주변 사람들과 우리들 각자가 시간이라고 부르는 것인가?

시간은 간다, 시간은 간다, 나의 여인이여;
아! 시간이, 아니, 우리가 간다.

시간은 어디에 있는 걸까? 시간은 무엇을 하고 있는

가? 시간이 우리 안에 있는 것일까, 우리가 시간 안에 있는 것일까? 시간을 사유하는 사람들이 없다면 시간은 무엇이 될 것인가? 시간은 영원한 것일까, 아니면 물질이나 공간처럼 시작이 있었고 또 끝이 있을 것인가?

　　머리가 돌 지경이다. 영원성은 어렸을 때에는 이해하기가 어려웠다. 밤과 낮의 교차와 계절들과 햇수들과 괘종시계와 근무 시간과 식사 시간과 같이 시간은 우리에게 아주 친숙하다. 그 친숙한 시간은 영원이나 무(無)가 복잡한 것과는 또 다르게 복잡하다. 시간에 대해 아무 생각이 없는 어떤 이에게 우리가 시간을 설명해야 한다고 상상해 보자. 예를 들어 《베네치아의 해관》에서처럼 그 둘이 하나로 연합되어 있을지도 모르는 무(無)나 영원으로부터 솟아난 영혼에게 말이다. 우리는 그에게 무엇이라 말할 수 있을까?

세 왕국들

아! 솔직히 정말 어렵다. 하여튼 이렇게도 말할 수 있지 않을까.

"사람들은 세 왕국들에 살고 있는데, 우주라는 이름으로서는 그 세 왕국들이 단 하나의 왕국이 된다. 그 세 왕국들은 공간의 왕국과 시간의 왕국과 사유의 왕국이다.

가장 단순한 것은 공간이다. 거기엔 서로 다른 것들이 있고, 서로 혼동되지 않는다. 원자들, 별들, 바다들, 나무들, 양들, 그리고 사람들이 있다. 그것들은 서로서로 측량 가능한 거리만큼 분리되어 있는데, 원칙적으로는 서로 넘나들 수 있다.

아주 단순한 공간이라도 복잡하게 이루어져 있다. 공간은 우리에게 분명한 것처럼 보이지만, 사실은 그렇지 않다. 차이, 분리, 거리, 측량이라는 개념들은 아주 애매하다. 그러나 시간과 관련되어 우리에게 보여지는 개념들보다는 덜 애매하다.

공간에는 공존의 질서가 있다. 모두가 거기 존재하며, 모두가 출현하고 있다. 시간에는 연속의 질서가 있으며, 공간과 철저히 연결되어 있다. 아무것도 거기 존재하지 않으며, 아무것도 출현하고 있지 않다. 적어도 오랫동안 그러지 못한다는 이야기이다. 사람들에게 맡겨진 영지의 열쇠는 그들에게 단번에 주어지지 않는다. 이전이 있고, 이후가 있다. 어제가 있고, 내일이 있다.

마술의 붓이 공간 속에 펼쳐져 있는 사물들과 그 공간 자체와 존재의 사유 위에 우리가 시간이라고 부르는 미세한 유약을 바른다. 또 달리 말하자면, 모든 존재는 의식과 꿈에 이르기까지 하나도 예외 없이 멈추지 않고 흐르는 강물 안에 있다. 우리가 시간이라고 부르며 공간과 사유 사이에서 둘째 왕국을 이루고 있는 이 강물은, 마법의 붓이 사물들에게 바른 유약과 같이 독자적인 어떤 고유한 존재 양태가 없다.

시간은 사물들과도, 공간과도, 사유와도, 우주 전체와도 합쳐져 있다. 우리는 또한 사물들과 공간과 우주와 우리에 대해서 우리가 시간 속에 있다거나, 우리가 시간 그 자체라고 말할 수도 있다. 우리에게 있어서는 우주 내의 어떤 곳에 있는 것이라도 모두가 시간이다. 시간은 원자들과 별들과 사유 위에 군림한다.

시간을 떠나서는 아무것도 없다. 영원과 무가 있을 뿐이다. 아직 태어나지 않은 태아들은 시간 속으로 들어오지 못한 것이고, 죽은 자들은 시간 너머로 나가게 된 것이다. 신이 있다면 그는 시간 너머에 있다. 시간을 떠나서 영원한 무 이외의 어떤 존재가 있다면 우리는 그 존재를 신이라 부른다.

상상의 유약이요 현실에 없는 강물인 시간은 미지의 것을 드러나게 하고, 이미 알려진 것을 사라지게 한다. 미지의 것은 현재로 변화하려고 안달이 난 미래에 위치해 있고, 알려진 것은 현재의 무대에서 역을 맡고 있으나 과거로 변화하기 위해 급하게 그 무대를 떠난다.

그래, 맞다. 이 모든 신화는 터무니없을 정도로 복잡하다는 점을 나도 안다. 이 신화는 어리석은 꿈으로 볼 수도 있고, 꾸며낸 것으로 여겨질 수도 있다. 그러나 이 신화는 어린아이 같은 단순성으로 우리가 현실이라 부르는 것을 구성하고 있다. 학교에 다니는 어린아이들은 숫자와 문자를 익히는 데 어려움을 겪는다. 숫자와 문자는 신비스럽게 제작된 것으로서 그 자체로는 아무런 의미가 없으나, 모든 사고의 기반을 이루고 있다. 가장 재능 없는 사람이나 가장 우둔한 사람, 혹은 바보들 중에서도 가장 뒤처진 이라도 시간의 흐름이라는 믿기지 않는 메커니즘을 기적처럼 이해한다. 숫자 제로와 알파벳이 복잡한 것과 시간의 메커니즘이 복잡한 것은 그 양상이 다르다.

그 사람은 우리 앞에 우리가 미래라고 부르는 어떤 것이 있음을 안다. 그것이 어디에 있는지는 그도 모르고, 아무도 모른다. 또한 그는 우리 뒤에 먼저 우리의 머릿속에 그려져 있으며, 우리의 추억 속에 우리가 과거라고 부르는 어떤 것이 있음을 안다. 그는 미래는 우리 각자에게나 우주에게도 계속해서 작아지는 걸 안다. 그리고 과거는 계속해서 커지는 걸 안다. 그는 이미 많은 걸 알고 있지만, 우리의 과거가 끝까지 다 채워져서 더 이상 미래가 있을 수 없을 때 죽음이 오는 것을 안다. 그는 시간은 지나간다는 것을 안다. 그는 어제는 이제 더 이상 여기에 없고, 내일은 아직 여기에 없으며, 현재에 우리가 살고 있다는 것을 안다.

현재의 위치는 시간의 메커니즘을 아주 잘 보여준다. 현재는 아주 단순하다. 현재는 지금이다. 그러나 도마뱀같이 끊어지는 돌발적인 사건이 계속해서 발생한다. 지금은 결코 오랫동안 지금으로 머물지 않는다.

내가 말하고 있는 순간은 이미 나와 멀리 떨어져 있다.

현재는 스스로 계속해서 사라지는 걸 모든 사람이 다 안다. 그리고 우리는 계속 현재 속에서 살아간다. 악이 이 세상 속에 존재하는 것과 같이 유충이 이미 과일 속에 존재한다. 우리는 우리가 현실이라고 부르는 이미 사라진 것, 즉 허상 속에 있다. 현실 바로 그 자체인 허상 속에 있다. 우리는 매순간 부활과 같은 무(無) 속으로 추락하는 존재이다.

우주는 미래로부터 과거를 창조하는 기계이다. 미래의 임무는 과거로 변화하는 것이다. 미래와 과거 사이에 현재라고 부르는 기가 막힌 것이 흐른다. 현재! 현재는 나타나지 않는다. 미래가 현재로 바뀌자마자 현재는 과거 속으로 사라진다. 현재는 영원한 함정이자 닫힘과 동시에 열려지는 덫이며, 요술과 마술로 우리를 기만하며, 끝없이 계속되는 마법으로 우리는 그 눈먼 증인이다. 과거에 관한 추억과 미래를 향한 기대로 이루어진 전체 역사는 현재 속에서 연출된다.

우리는 계속해서 사라지고, 계속해서 다시 쓰여지는 영원한 현재 속에서 산다. 우리가 가질 수 있는 영원에 대한 유일한 이미지는 사라져 가는 이미지이다.

세계는 시간 속에 잠겨 있으므로 형이상학적이다. 그리고 셋째 왕국인 사유의 왕국은 시간을 넘어 저 멀리 있다. 사유는 시간이 공간을 벗어나 있는 것보다 훨씬 더 멀리 시간을 벗어나 있다."

경이로운 것들

시간은 계속해서 이어지는 매순간마다가 기적이다. 기적들 중에서도 가장 큰 기적이다. 그리고 아마도 유일한 기적일 것이다. 이 세상 자체가 유일한 기적이라고 하지 않는다면 말이다. 나는 또 다른 경이로운 것들을 사랑했다. 그 정도는 덜하지만 그 또한 황홀한 기적들이다. 그 기적들은 우리와 함께하고, 우리를 더욱더 경탄케 하곤 한다.

시간을 이용해서 공간을 극복하는 운동이 있다. 가령 생-파르조와 콜레트의 고향인 생-소뵈르-앙퓌제를 가르고 있는 10여 킬로미터의 거리를 큰 걸음으로 걸어서 넘어가려면 두 시간 반이 걸린다는 경우처럼 말이다. 또한 공간을 이용해서 시간을 측정하는 운동이 있는데, 그것은 해시계의 문자반을 움직이는 지침의 그림자와, 물시계의 물과, 모래시계의 모래와, 기계식 시계의 시곗바늘들의 움직임과 같다.

색깔조차 없는 단순한 빛이 이 세상을 에워싸 그 빛을 드러내고, 우리로 하여금 그 빛을 보게 한다. 눈은 우리 각자에게 부착된 검은 암실로서 그 정확도와 효율성이 숨막힐 정도이며, 모든 과학 · 기하학 · 미술 · 건축 · 예술의 중요한 근거가 된다. 귀는 소리, 소음, 말, 바다와 바람의 속삭임, 우주 천체의 음악과 사람의 음악, 바흐의 칸타타, 흑인 영가, 새들의 노래가 있는 세계, 우리가 알 수 없고 상상조차 할 수 없는 세계를 우리에게 열어준다.

참으로 이렇듯 좋은 길에서 왜 그만 멈추겠는가?

연도(連禱)는 끝이 없다. 극은 계속해서 진행된다. 경탄을 불러일으키는 연주회는 세상의 무대 위에서 계속된다. 같은 유에서 나왔기에 우리와 닮은 바다표범과 코끼리와 기린과 거미원숭이와 여러분의 집 지키는 개와 내 도둑고양이와 사람의 몸속에 있는 심장이나 신장이나 간이나 성기를 보라. 해면체와 잔디와 바오밥나무와 전나무와 꿀벌과 개미의 복잡한 메커니즘을 보라. 화산과 해일과 블랙홀과 운행중인 성운과 만유인력과 그렇게도 복잡하고 믿을 수 없을 만큼 단순한 운행을 계속하게 하는 또 다른 중요한 힘들인 원자들과 쿼크들과 공간과 시간 안에 있는 천체의 물체들의 복잡한 메커니즘을 보라.

이 모든 것들은 아주 미소하고 아주 거대한 톱니바퀴들이며, 그 원인과 목적을 우리는 알 수 없는, 말로 표현할 수 없는 놀

라운 기적들이며, 무한한 자원들을 가지며, 기가 막힐 만큼 경이
로우며, 모든 지식을 초월하는 것이다.

　　창조의 처음부터 끝에 이르기까지 우연성과 필연성은
일을 결코 다 끝내지 않았다.

바보 같은 생각

아마도 물을 만한 가치가 있는 질문은 다음의 두 가지뿐일는지도 모른다. 다른 질문들은… 첫번째 질문은 이 책 속에서 많이 등장한 것으로서 사적인 것이고, 나만의 것이며, 여러분만의 것이기도 할 것이다. 그것은 시기에 따라서 "내 인생에서 내가 무엇을 할 것인가?"이거나, "내 인생에서 내가 무엇을 했는가?"이다. 그 질문에 대한 대답들은 수없이 많으며, 내 소설들과 이 책의 자료가 되기도 한다. 거기에는 신앙과 전쟁과 자비와 반역과 야심과 권력과 노동과 게으름과 돈과 지식과 호기심과 섹스와 연애와 예술과 스포츠와 철학과 시와 여행과 탐식과 알코올과 다소 강한 마약과 쾌락과 행복이 있고, 또한 정상이나 바닥으로 혹은 영광이나 자살로, 그리고 많은 경우 아무것도 아닌 것으로 이어지는 여타의 다른 코스들이 있다.

또 다른 질문은 우리의 수준을 훨씬 넘어선다. "생명은 우주의 아주 미소한 부분인 이 지구에서 나온다. 그렇다면 우주는 어디서 나오는 것일까?" 첫째 질문에 대해서 우리는 언제나 대답할 수가 있다. 비록 아주 적고, 시간이 흘러 죽음에 임박해서는 더욱더 적어지지만, 우리는 그 질문에 대답하기 위해 살고 있다. 아니면 우리는 그걸 위해 살고 있다는 환상을 가지고 산다. 그런데 둘째 질문은 우리를 아연케 만든다. 그 질문의 제일 중요한 기능과 영향은 우리를 경탄과 공포와 일반적인 흔한 상념에 빠트리려는 것일는지도 모른다.

별들이 총총 떠 있는 여름 밤이나, 바다나 산에서 해질 녘을 맞이하게 될 때면 누구라도 이러한 외경과 경탄과 상념에 젖어들거라고 나는 생각한다. 혼란된 감정들과 비슷한 생각들이 줄을 잇는다. 달은 태양보다 우리와 더 멀리 있을까, 더 가까이 있을까? 왜 낮과 밤이 서로 연이어 있을까? 다른 태양들은 없을까? 우리의 태양은 어디서 오는 걸까? 어디로 가는 걸까? 모든 별들이 지구와 다 같은 거리에 있을까? 그 별들 너머에는 무엇이 있을까? 또 그 너머에는?

옛날 옛적부터 제기된 이 모든 의문들과 그밖의 다른 의문들은 그 대답이 아주 단순해서, 적어도 오늘날은 어린아이들조차도 알고 있다. 지구로부터 약 40만 킬로미터쯤 떨어져 있는 달은 지구의 둘레를 한 달에 한 바퀴 공전하며, 지구의 자전 주기는 약

24시간이다. 그리고 그 지구로부터 약 1억 5천만 킬로미터쯤 떨어져 있는 태양의 주위를 약 1년간 공전한다. 태양은 다른 별들과 같이 하나의 별이고, 모든 별들은 태양들이다. 우리의 태양은 약 50억 년 전에 생겨났으며, 아직 50억 년 정도의 수명이 남아 충실하게 계속해서 그 좋은 역할을 다할 수가 있다. 별들은 지구와는 아주 멀리 떨어져 있고, 또 그 거리가 별들마다 각기 아주 다르며, 자기들끼리도 그러하다. 우리의 머리 위에 우리가 속해 있는 성운이 있는데, 그 성운을 우리는 은하계라 부른다. 은하계에는 장담은 못하지만 천억 개의 별들이 있고, 나도 잘은 모르니 내 말을 복음으로 받아들이면 안 되겠지만, 하여간 은하계 너머에는 약 천억 개 아니 수천억 개의 성운들이 있으며, 그 성운마다에 수십억 개의 별들이 있다.

실습 문제: 1광년은 빛이 초속 30만 킬로미터의 속도로 1년 동안 나아가는 거리이다. 9만 광년이라고 하는 은하계의 직경을 킬로미터로 계산해 보자. 그것은 결국 무익하고도 어두운 환상에 지나지 않는가. 그를 주인공으로 소설 한 편쯤 낼 만한 가치가 있는, 지난 세기초의 미국인 천재 천체물리학자 허블의 덕택으로 우주는 팽창중에 있고 성운들은 천억 개씩 서로 멀어진다는 사실을 알았으니, 조용히 앉아서 숨을 크게 들이쉬고서 우리가 상상할 수 있는 가장 멀리 있는 성운 너머에는 무엇이 있을까를 스

스로에게 은밀히 물어보라. 공간 너머에는 무엇이 있을까라는 질문과 결국은 같은 이 질문에 대한 대답은 다음 질문에 대한 대답과 같은 것이리라. "시간이 있기 전에는 무엇이 있었을까?" 혹은 이 질문과 같기도 하고 다르기도 하면서 말도 되지 않는 질문이 또 하나 있다. "빅뱅 이전에는 무엇이 있었을까?" 그 유일한 대답은 아무것도 없었다는 것일는지도 모른다.

아무것도 없었다. 아! 아무것도! 우주라는 위대한 악마가 그 코끝을 내밀고 있다. 아무것도. Nihil. Niente. Nada. Nichts. Nothing. 너무도 간단하여 생각할 수 없을 정도이다. 그 어떤 존재도 없는 것이요, 절대 허무요, 제로에다 제로를 더한 것이다. 또 다른 위대한 악마는 역사와 소설의 악마로서 고통이다. 형언치 못할 존재로서, 잔인한 존재로서, 어두움의 경주자들로서, 무와 고통으로서, 그 두 악마는 우주에 홈을 파고, 현실에 자신들의 사악한 구멍들을 판다. 그들은 부정적인 로렐과 하디이고, 정반대의 푸티와 쇼콜라이다. 그들은 존재를 뒤흔들고, 자신의 허구성을 노래하며, 그 허상의 모습을 드러내고, 지나치는 곳마다에 파괴와 공포의 씨앗을 심는다.

이미 우리에게 멀리서 뭔가를 암시한 듯한 인상을 주는, 앞서 인용한 《고백록》 제11권에서 성 아우구스티누스는 악의에 찬 질문에 대해 농담이 아닌, 그럴 성싶은 대답을 전해 준다. 질문은

이렇다. "시간이 등장하기 이전에 하나님은 무엇을 하셨을까?" 그리고 대답은 이렇다. "감히 그러한 질문을 하는 이들을 위해서 지옥의 온갖 형벌들을 준비하고 계셨다."

처음부터 모든 것이 있었다

　　두 차례의 세계대전 사이에 에드윈 허블은 프리드만과 르메트르 신부의 연구를 이어받아 우주가 팽창하고 있다는 증거를 처음으로 제시한다. 그것은 하나의 혁명이었다. 아리스토텔레스와 고대인들은 그동안 우주가 정지 상태일 것으로 생각했다. 그런데 그 우주가 움직이며, 팽창중에 있다는 것이다. 그리고 우주는 종말을 향해 나아간다. 우주가 살아 있다고 주장할 수조차 있다. 어쨌든 우주는 모든 사람들같이 죽음에 다다르기 전에는 한 나무처럼, 한 어린아이처럼 성장해 간다.

　　우주가 수천억 년 동안, 수천억의 수천억 년 동안 계속해서 팽창할 것인가? 그것은 의심스럽다. 그 대답은 천체물리학자들이 '우주의 감춰진 질량'이라 일컫는 희미한 물질에 달려 있다. 그 감춰진 질량의 세부 사항에 대해 내게 묻거나, 다시 말해 달라고는 하지 마라. 아무튼 그 감춰진 질량의 비중에 따라서 성운들은 서로서로 멀리 떨어져 나가거나, 반대로 조금 돌발적으로 서로서로 가까워지고, 또한 서로를 끌어당길 것이다. 학자들도 아직은 잘 알지 못한다. 아마도 우주의 팽창이 대칭적으로 불타면서 수축하는 것으로 역전되지 않을까? 아니면 오늘날 가장 그럴듯한 가설로 받아들여지듯이 우주의 팽창이 계속되어서 무한대의 얼음 조각으로 분산되어 끝나 버리는 것일까? 두 가지 가설에 공통적인 것은, 모든 것이 우주의 소멸을 향해 적당히 완만하게 진행된다는 점이다. 여러분이나 나, 인간이나, 태양이나, 지구만큼이나 우주 또한 영원하지 않다.

한 천문학자가 어느 날 청중에게 이같이 설명했다. 50억 년이라는 나이를 먹은 우리의 태양은, 소진되어서 건전지가 그 수명을 다하듯이 앞으로 다가올 50억 년 내에 사라져 갈 것이다. 이 말을 들은 청중 가운데 한 소녀가 그만 기절하고 말았다. 주위 사람들이 그녀를 구조하여 볼을 때리며 한 잔의 물을 마시게 했다. 그녀가 가까스로 정신을 차렸다.

— 무슨 일이 있었니?

연로한 아저씨가 소녀에게 친절히 물었다.

— 뭐라고요, 무슨 일이 있었느냐구요! 아저씨도 나와 함께 들었잖아요.

— 무얼 들었는데?

― 태양이 500만 년 내에 사라질 거라고요.

― 아니란다, 아이야! 50억 년이란다.

― 아, 그래요! 글쎄, 나는 500만 년인 줄 알았지 뭐예요.

50억 년이나 500만 년이나 그것이 우리에게 무슨 차이가 있을까? 우리는 즉각적이지 않은 미래에 대해서는 상관하지 않는다. 우리는 조금 연장된 현재 속에서 과거를 향한 추억과 미래에 대한 계획으로 살아간다. 우리의 흥미를 끄는 것은 내일이나 모레 우리가 할 일이다. 부득이한 경우, 1년이나 2년 뒤의 일이다. 우리의 이전은 멀리 원시인들로 가득한 안개와 같고, 우리의 이후는 홍수와 같다. 그러나 우리는 커다란 공간과 긴 시간에 연결되어 있다. 우리는 영장류라든지, 멸종될 것이라든지, 어떤 흐름이 별들로부터 원자들에게로 또 우리에게로 이어진다는 학설은, 우리 자신에 대해서 우리가 가지는 이미지와 우리의 일상적인 삶에 영향을 미치고 있는 것이다.

은하계의 한가운데 위치한 태양계의 중심에 있는 태양의 수명은 우주의 수명과는 별 상관이 없다. 우주는 태양과 그 주위를 돌고 있는 행성들에 대한 관심이 거의 없다. 우주 전체에서 보면, 대양의 한방울 물보다도 더 작은 지구에 대하여 언급하는 것은 의미가 없다. 은하계와 태양계는 우주의 관점에서 보면 거의 인지할 수 없는 미소한 것들이다. 우주의 관점은 우리의 관점과 스케일이 다르다. 태양이 죽음을 맞이할 50억 년의 시간은 우주에게 있어서 내일에 불과하다. 우주의 종말은 훨씬 더 많은 시간이 걸릴 것이다.

우주는 종말을 맞이할 것이다. 또한 우주는 그 출발점이 있었다. 대부분의 천체물리학자들은 우주가 20세기초까지만 하더라도 아직 정적이고 영원한 것으로 여겨졌으나, 이제는 약 150억 년 전에 있었던 첫번째 대폭발로 생겨난 것이라고 생각하는 추세이다. 이 이론에 대한 반대자인 영국의 위대한 천문학자 프레드 호일 경은, 경멸하는 의미로 이른바 그 유일하고 우주의 시발점이 된 대폭발 사건에다 이름을 붙였다. 오늘날 아주 개연성 있는 가설로 받아들여지고 있는 그 대폭발의 이름은 빅뱅이다.

최초의 유일한 빅뱅이 일어났을 때, 어떠한 선례도 없었을 뿐만 아니라 수학·물리학·화학의 어떠한 종류의 법칙도 없었다. 초를 미분한 만큼 아주 짧은 시간에 우주는 상상하기 어려운 밀도와 온도로 극히 미세한 핀의 뾰족한 촉처럼 축소되어 있었다. 그 옆에서는 모래알 하나나 원자 하나도 히말라야와 같은 크기였을 것이다. 사유 이전의 생명, 그 생명 이전의 물질, 그 물질 이전의 에너지가 있는 극한의 상황 속에서 오늘날까지 계속되는 우주 팽창이 즉각적으로 시작되었다. 우주는 거대하다. 왜냐하면 우주는 시간과 공간이 압축되어 있는 핀의 촉과 같이 미소한 상태에서부터 150억 년 동안 계속해서 팽창해 왔기 때문이다.

빅뱅의 가설이 정확하다면, 우리가 이 땅에서와 그 너머 우주의 끄트머리에서 보는 모든 것들은 시발점이 된 그 대폭발에서 생성된 것들이다. 땅과 바다, 산호, 해면동물들, 실편백들, 금송들, 상어들, 고래들, 치타들과 박쥐들, 아테네의 아크로폴리스와 엠파이어 스테이트 빌딩, 알렉산더 대왕의 정복과 러시아의 후퇴, 성경, 코란, 시스티나 성당 내벽에 있는 미켈란젤로의 〈최후의 심판〉, 중성자들과 블랙홀들, 우주 팽창 이론 자체와 빅뱅의 가설이 말이다. 또한 미래에 나타날 것으로 아직은 감추어진 여타의 것들도 말이다. 역사를 통해 계속해서 이어지는 피조물인 시간이 그것들을 이미 가능케 하고 있고, 거의 다 나올 준비가 되게 하였으며, 충격적인 효과를 내도록 조금씩 조금씩 계발시켰다.

성운들과 별들로 구성된 우주적인 융단이 있다. 우주는 어디서든지 사람들의 이해를 넘어서지만, 거기에 몰두해서 기이한 역사를 펼쳐 온 이들은 그 우주를 사유로써 파악해 보고자 노력한다. 그 모든 것들을 포함하는 무한하게 큰 것이 무한하게 작은 것 안에 이미 다 내재해 있다. 빅뱅이 있을 때부터 모든 것이 다 있었다. 그것은 도토리 안에 이미 떡갈나무가 현존하는 것과 같고, 예전의 어린아이와 노인이 동일한 존재인 것과 같고, 예전에 어머니의 뱃속에 있었던 태아와 시신이 동일한 존재인 것과 같다.

다 예비되어 있었다. 처음부터 모든 것이 시간이 감에 따라
출현할 준비가 되어 있었다.

뿜뿜뿜뿜 칭크칭크

시간은 어떻게 아직 빅뱅에 묻혀 있는 것들을 드러나게 하는가? 그것이 바로 역사이다. 그리고 그것이 우리의 역사이다. 거기엔 모든 족보들, 모든 비망록들이 있다. 앙드레 말로는 말한다. "비망록을 빼고, 과연 어떤 책들이 쓰여질 가치가 있는가?" 또한 거기엔 모든 역사적 작품들, 탐정 소설들, 모든 주인공들을 사건들이 홍수처럼 일어나는 곳으로 몰아가 버리는 모험 소설들, 남자가 헤어진 연인을 노래하는 연애 소설들, 독일인들이 Bildungsroman이라 부르는 온갖 교양 소설들, 온갖 간략한 소설들이 있다. 게다가 그 나머지 여타의 모든 것은 시간이 밝혀주는 것들로부터, 감춰진 모든 것들이 점차 그 모습들을 다 드러내는 형이상학적인 스트립–티즈로부터 나온다.

빅뱅이 일어난 뒤 즉각적으로 신비한 힘이 시간 속에서 움직이기 시작했다. 커다란 검은 모자를 쓰고 손에는 지팡이를 든 주인공, 바로 필연성이다.

　필연성은 춤을 리드하고, 세상을 리드한다. 강하고 거칠게, 불필요한 조정은 하지 않은 채 엄하게, 웃음기 없이 한다. 그 필연성이 여러분이 거기 있어 역사의 어떤 순간에 세계의 어느 지역에서 이 책을 읽게 하고, 여러분 부모의 아들이나 딸로서, 여러분 자신의 신체와 정신, 키와 눈 빛깔, 성격을 가지고, 시간의 격류에 흔들리는 지푸라기 같은 존재 양태를 가지게 한다.

　여러분과 나에게 이르기까지 원인과 결과의 흐름은 끊임없이 계속되고, 한 원인은 그 이전의 원인의 결과이며, 한 결과는 이어서 원인이 되어 버리면서 빅뱅에서 에너지로, 에너지에서 물질로, 물질에서 우주를 이동하는 별들이 된다. 또한 태양과 지구에서 공기와 물로부터 생명체가 나오고, 생명체에서 수많은 종들이 나오고, 그 중에 많은 것들이 사라지거나 또는 생존하여 영장류에 이르기도 한다. 그리고 영장류로부터 인간, 즉 우주의 먼지 하나에 불과한 것으로부터 나와서는 그 우주를 경탄의 눈길로 응시하면서 이해하려는 이 사유하는 생명체가 출현했다.

　여러분은 철같이 강한 의지와 더러운 성질을 가진 그 필연성을 이제 알아보는가? 그가 말하는 것을 듣는가? 150억 년 전부터 타고난 방랑벽을 지닌 유태인처럼 필연성은 거위 걸음으로 트롬본과 큰북들로 원인-결과, 원인-결과,

원인-결과라는 소리를 내면서 곧 잊혀질 지금 읽고 있는 이 책에까지 이르렀다.

소동을 피우면서 아이들과 젊은이들이 깃발을 휘날리며 무리지어 오도록 이끌고, 박수를 받으면서 필연성은 앞으로 나아간다. 그 필연성을 지지하는 위원회를 구성하고, 반대자들을 침묵케 하는 박사들과 학자들이 그를 둘러싸고 있다. 그 무리 가운데 아리스토텔레스·스피노자·헤겔·카를 마르크스와 같이 무게 있는 인물들이 보인다. 필연성은 누구에게도 자신의 자리를 내어주지 않으며, 모든 주변의 것들을 압도한다.

그런데 갑자기 무슨 일이 일어났는가? 아주 작고 가느다란 운율이 필연성의 소란한 음악에 합류되었다. 피치카토와 트라이앵글과 횡적 소리가 날카롭다. 마치 에릭 사티의 〈도망가게 하는 노래〉나 〈배 모양의 소곡들〉을 베토벤의 〈영웅〉이나 〈운명〉에 겹치게 한 것 같다. 그것은 다음과 같은 효과를 불러일으키는 듯하다. 원인-결과, 원인 결과, 뽐뽐뽐뽐, 원인-결과, 원인-결과, 뽐뽐뽐뽐, 삐뛰삐뛰, 원인-결과, 원인-결과, 뽐뽐뽐뽐, 칭크칭크, 원인-결과, 원인-결과, 뽐뽐뽐뽐, 칭크칭크. 필연성을 호위하는 끝없는 행렬을 쳐다보는 구경꾼들 가운데 소수의 방해꾼들이 헤겔에 대하여, 역사와 필연성의 진보에 대하여 모욕적인 비난의 글귀들을 적은 플래카드를 뒤흔든다.

주동자들 중에는 우리가 잘 알지 못하는 피론이라는 이름을 지닌 이도 있다. 그리고 키에르케고르라는 이가 있는데, 그의 주위에는 소설가들이 있고, 우화와 모방 작품들을 내는 아마추어 작가들이 있으며, 일화와 동화와 반전과 반복적인 의문과 예측 불허의 것과 모든 종류의 예외적인 것, 독창적인 것을 광적으로 좋아하는 이기적이면서 역설을 즐기는 모험가들이 있다.

필연성의 '테데움'과 거룩한 콘서트에 합류되어지는, 불협화음에 날카로운 소리를 내는 소품류의 가느다란 피치카토가 우연성의 바이브레이션이다.

필연성만으로는 여러분과 내가 만나게 하고, 내가 쓰고 있는 것을 여러분이 읽게 할 수 없다. 그런데 삐뛰삐뛰, 뽐뽐뽐뽐, 칭크칭크라는 우연성의 도움으로 필연성에는 불가능한 일이 없다. 우연성과 필연성은 우리의 신들이다.

작은 의심

우연성과 필연성이 함께 작용하여 빅뱅에서부터 우리까지 포함하는 우주를 표출시켰다는 사실을 모든 이들이 알고 있고, 학자들이 공언하며, 아이들은 학교에서 배운다.

그런데 우연성과 필연성만으로 시간과 사유와, 미세한 일들과 전체가 하나로 이어지는 완벽한 연관성이 다 해결되는가? 그 둘만으로 매순간 시시하고 진부한 것은 물론이고 정말 확실한 것도 해결될 수 있는가? 나는 거기에 대해 약간 의심이 간다.

커다란 경이

필연성과 우연성이 진화에서 담당한 역할을 내가 의심하는 것이 아니다. 우주의 신비와 우리 존재의 신비가 그 둘의 연합만으로 다 해결된다는 것을 의심하는 것이다. 사람들에게 알려져 있지 않은 부분이 사람들에게 이제까지 알려진 부분보다 더 크다고 나는 믿는다. 그 미지의 부분은 과학의 진보에도 불구하고 계속해서 남아 있을 것이고, 더욱 커질 것이다.

할 수 있는 대로 끈질기게 노력함으로써 우리는 그것에 대해 점점 더 지식을 얻을 것이고, 그럴수록 그것에 대해 점점 덜 이해하게 될 것이다. 모든 것은 설명이 되어진다. 그런데 그 모든 것은 희미한 채로 남아 있게 된다. 뒤를 돌아보면 모든 것이 다 기적의 연속이고, 왜 그런지 그 이유를 우리는 알 수가 없다. 앞을 바라보면 모든 것이 열려 있고, 자유롭고 신비하다. 시간과 우리는 가능한 것들을 필연적으로 만들고, 아직 존재하지 않던 것들을 가능하게 만드는 도구들이다. 이 모든 것은 가장 완벽한 논리와 동시에 불합리한 판타지에 속하는 체계화된 환상에서 나온 것처럼 보인다. 가장 이해하지 못할 것은 세계가 이해 가능하다는 것이다. 그리고 세계는 가장 깊은 경이 속에서만 이해가 가능하다는 것이다.

플랑크가 명명한 그 벽으로 인해 우리에게 닫혀져 있는 그 근원 앞에서 커다란 경이를 느끼게 된다. 전형적 기적인 시간 앞에서도 똑같은 경이를 느낀다. 존재할 확률은 이 지구나 여타 다른 곳에서 거의 제로에 가까웠으나, 기이한 우연성으로 출현하게 된 생명 앞에서도 그 경이를 느낀다. 우리 존재 앞에서, 우리가 생각을 하게 한 능력 앞에서도 그 경이를 느낀다. 모든 것이 필연성과 우연성에서 나온다면, 우리에게까지 이르도록 그 많은 우연적인 일들이 한 방향으로 일어났다는 것은 어떻게 설명되어지는가?

각기 아주 다양한 분야들을 연구하는 학자들 모두가 한 가지 사실에 대해 동일한 의견을 가진다. 아마도 유일한 것이리라. 그것은 단 1밀리미터가 더해졌거나 덜해졌더라도, 단 1밀리그램이 더해졌거나 덜해졌더라도, 아주 미소한 차이나 아주 간발의 차이라도, 강철 같은 필연성 속에서 지푸라기 같은 작은 차이라도 다른 방향으로 조금만 우연히 기울었더라도 우주는 붕괴된다는 것이다.

천국의 문 젯거리

　이 엄정하고도 기가 막히는 드라마 한가운데서 아주 보잘 것없는 존재인 인간은 그 모든 거대함 속에서 엄청난 역할을 담당한다. 인간은 거의 무에 가까운 볼품없는 존재이지만 만물의 척도다. 혹은 인간 스스로 그렇다고 생각한다.

　인간의 출현 이전에 만물은 저마다 각기 개별적으로 진행하다가 인간의 출현을 맞게 된다. 인간의 출현 이후에는 인간의 자유 의지가 점차 사건들이 일어나는 흐름에 개입한다. 고락간에 인간은 흔히 신의 섭리라고 일컫는 필연성을 계승했다. 인간은 우연적인 것들을 통제하고 조직화한다. 심지어 인간이 출현하기 이전까지의 역사도 담당한다.

　인간은 우리가 살고 있는 세계를 창조한 신 다음으로 이 세계의 두번째 창조주이다. 그의 책임은 처음에는 없었다. 그러다가 아주 조금 있게 되었고, 점점 더 그 비중이 커져 가더니, 갑자기 무한하게 되었다. 그것이 진보인가? 그것은 진보 그 자체이다. 그리고 언어도단의 재앙이 임한다. 인간은 우주를 파괴할 수는 없지만, 자신의 의지와 상관없이 던져지듯 오게 되어 살고 있는 지구를 파괴할 수 있게 되었다. 그는 그 지구에서 우주를 사유한다.

인류의 역사뿐만 아니라 우주의 역사에서 그 전환점은 인간에게 스스로 자기 자신의 최악의 적이 될 수 있는 능력이 나타난 것이다. 프로이트에서 아인슈타인에 이르기까지 그렇게 수없이 글로 표현된, 우리 시대의 위기는 무엇보다 이 능력으로부터 나온다.

우리는 이제 우리 자신을 멸망시킬 수 있게 되었다. 우리는 그 반증이 없는 한 이 지구 위에만 출현한 것으로 알려진 생명체에 종지부를 찍을 수 있게 되었다. 그것이 천국의 문젯거리이다.

이 지구는 적어도 우리의 상상 속에서 원래 천국의 이미지로 받아들여졌던 곳이다. 인간은 창조의 세계를 난장판으로 만든 첫번째 피조물이자 아마도 유일한 피조물일 것이다.

대답 없는 질문

우리만이 사유할 수 있는 존재인가? 우리에게 있는 교만과 진보와 뭔가 다른 것을 바라고 악을 바라는 갈망이라는 면에서 우리를 필적할 만한 다른 존재들은 없는 것일까? 외계인의 존재 가능성에 대한 가장 단순하고도 강력한 주장은 우주가 거대하다는 사실이다. 별들이 수도 없이 존재한다면, 아주 수많은 행성들도 존재할 것이다. 행성들이 은하계만 해도 10억 개가 있을 정도로 많다면, 왜 지구만이 사유하는 생명체의 탄생을 가져오는 예외적인 특권을 누려야 하는가?

지구 바깥에 생명체가 어떤 형태로든 존재한다면, 인간의 종말은 비극이라기보다는 어디서든지 일어나는 또 다른 하나의 사실에 더 가까워진다고 할 수 있다. 니체를 필두로 해서 수많은 예언자들이 선언한 바인 신의 죽음 이후에 인간의 죽음이 실제로 일어난다면 아주 흥미로울 것이다. 왜냐하면 인간의 죽음은 인간 스스로가, 또한 인간 자신만이 야기시킨 것이기 때문이다. 이는 소설이나 연극의 멋진 주제가 될 것이고, 참을 수 없는 감동적인 순간들과 형이상학적인 터치로 인해서 굉장한 스펙터클 영화의 주제가 될 것이다. 그것이 모든 것의 종말은 아닐 것이다. 그것은 특히 우리에게는 유감스러운 사건이 될 것이다. 하나의 어처구니 없는 사건이지만, 우주적인 차원의 재앙은 아닐 것이다. 반대로 생명체가 이 지구에만 있다면, 인간의 죽음은 영원히 가장 커다란 우주적인 드라마가 될 것이다.

아직 우리에게 미래가 남아 있다면, 우리 앞에 오는 수세기나 수천 년 동안은 이 애매하고도 단순한 질문이 지배할 것이다. 우주의 다른 곳에도 생명체와 사유하는 존재가 있는가? 아마도 그 질문은 약간 다른 말로 표현되어야 할지도 모른다. 우주의 다른 곳에도 우리의 생명체와 우리의 사유에 비견할 수 있는 미지의 것이 존재하는가? 우리가 아는 생명체의 형성에 이르기까지 지구에서 일어났던 불가능하게 비치는 우연적인 사건들은 멀리 떨어진 다른 행성들에서는 우리가 아는 것과는 또 다른 판이한 현상들을 야기시켰을 수 있다. 우리는 거기에 대해서는 아는 바가 없고, 또 어떤 말도 할 수 없을 것이다.

인간이 결코 풀지 못할 큰 비밀이란 없다면, 내가 죽기 전에 알고 싶은 것은 그렇게도 멀리 떨어진 우주를 사유하는 존재는 이 지구상의 인간뿐인지 아닌지 여부이다.

우리 문명은…

우주의 다른 곳에 생명체와 사유하는 존재가 있는지 여부를 알아보기 이전에, 보다 더 긴급한 의문이 우리에게 던져진다. 이 의문은 근본적인 것으로서, 모든 다른 의문들을 형이상학적인 몽상이나 헛된 걱정거리들로 치부해 버릴 수 있을 정도로 중요하다.

이 의문은 일상적으로 흔히 나누는 것으로서 정치적인 강령이나 식사 후의 대화 거리로, 또 신부나 목사나 랍비나 이맘이나 승려나 프리메이슨의 설교에서도 등장한다. 우리는 언어로 표현도 하지 않은 채 자문하곤 한다. "인간은 지구를 파괴하고 말 것인가?"

폴 발레리는 올더스 헉슬리나 앙드레 지드와 같이 우리 시대의 가장 뛰어난 지성인들 가운데 한 사람인 것 같다. 알베르트 아인슈타인이 대표하는 수리물리학이 발전함에 따라 개발된 원자

폭탄이 아직 나오기 이전에, 발레리는 그 의문에 대한 하나의 대답으로 우리에게 이런 말을 했었다. "우리 문명은 우리가 죽을 수밖에 없는 존재라는 사실을 이제 알게 되었다." 모든 세미나와 학회의 결론으로, 옛 동창들의 연회중에 일어난 작은 토론의 결론으로 싫증이 날 정도로 반복된 이 말은 놀랍고도 조금 진저리가 날 정도로 성공을 거두었다. 그런데 그 말은 항상 정확히 맞는 말인가?

유치원에 처음 온 원생마저도 우리가 지구를 한 번이 아니라 여러 번 폭파시킬 수단들을 갖추고 있다는 사실을 알고 있다. 우리는 이 지구 위에 살고 있는 모든 인간들을 멸망시킬 수 있고, 그 생명을 최소화시킬 수 있다. 그런데 우리는 과연 그렇게 할 것인가?

이 시대에는 대중매체가 아이디어와 분석과 진단과 예견을 덤프트럭으로 갖다 붓듯이 이리저리 쏟아부어서, 상상과 관념으로 이뤄진 가상의 현실 세계가 실제의 세계를 능가할 정도이다. 테야르 드 샤르댕은 그 가상의 현실 세계를 '정신 세계'라고 명명했었다.

나는 간혹 가다가 과거에 그들이 내린 판단들에 대해 그 저작가들을 다시 소환하는 어떤 기관을 만들면 어떨까 상상하곤 했다. 그러면 그동안 도용하고 악용한 처벌 면제 조항의 혜택을 더 이상 누리지 못하는 정치가와 언론인과 평론가와 사회학자와 철학자와 현대사가는 자신들이 과거에 공표한 것들에 대한 대질 조사를 받게 될 것이다. 그러면 나 자신부터 자원해서 위험하게 보이는 두 개의 내기를 걸어 볼 것이다. 아! 나는 붙잡지 못하는 미래의 독자층을 간접적인 방법으로 다시 붙잡으려는 정말 영리한 인간이 아닌가.

가보르의 원칙

과학은 항상 자신이 개척한 길에서 진보의 첨단을 간다.

얼마 전에 사람들을 즐겁게 했던 파킨슨의 법칙들과 피터의 원칙을 기억하는가? 파킨슨의 법칙들은 무엇보다 작업량이 같으면 그 담당 작업자의 숫자는 해마다 1퍼센트씩 증가하고, 우리가 토론하는 문제들에 대해 기울이는 관심과 시간은 그 실제적인 중요성에 반비례한다는 것이다. 피터의 원칙은 모든 사람은 자신의 직업에서 가능한 한 가장 무능한 수준까지 오르려고 노력한다는 것으로서, 정치적 경제적 사회적 측면에서 많은 어두운 부분들을 조명해 주었다.

가보르의 원칙은 보다 심각하고 보다 비극적인 사실로서, 과학은 자기가 할 수 있는 것은 뭐든지 다 한다는 점을 우리로 하여금 알게 했다. 도덕적으로 정치적으로 종교적으로 철학적으로 금지했음에도 불구하고 과학은 자기 길을 계속해서 가고, 자신이 발견한 것들을 실제에 적용한다.

이에 대한 긍정적인 주장들도 있다. 라테란공의회에서 악마적인 무기로 규정되어 금지된 쇠뇌를 별다른 양심의 가책 없이 전쟁중에 군대가 사용하였다. 이같은 군대의 쇠뇌 사용은 탄약 무기가 개발되어 그 쇠뇌가 참새잡이 허수아비 꼴로 전락될 때까지 계속되었다. 오랫동안 야만적이고, 신성한 원칙들에 대한 모독으로 여겨진 시체 해부는 과학의 진보를 위한 수단으로써 소동이 일어나고 분노가 확산되었음에도 불구하고 점차 용납되어져 왔다. 시체 해부는 13세기말에 이탈리아 북부 지역, 특히 볼로냐에서 시행되자마자 즉시 교회가 그 시행자들을 파문함으로써 금지되었지만, 그후 2세기가 지나서는 흔한 일이 되어 버렸다. 전쟁법에 대한 중대한 위반으로서 금지된 화학 가스는 권력에 봉사하는 과학자들이 훨씬 더 파괴적인 대량 살상 무기들을 발명해 내기 전까지는 군대 병기고의 한 부분을 지키고 있었다. 유전자 조작과 인간 복제는 그 앞길에 놓인 온갖 장애에도 불구하고 언젠가 활짝 개화할 것이라는 예견은 그다지 틀리지 않을 것이다.

실수로든 우연으로든, 광기이든 열정이든, 선과 악에 대한 정치적인 혹은 종교적인 결단이든 간에 핵폭발이 일어나지 않는다면 아주 놀랄 일이다. 물론 폴라모르 박사들이 실험실에서 보다 더 나은 것들을 발명하지 못할 경우에 말이다.

　여러분은 다음과 같은 일이 일어날 것을 의심치 않으리라고 나는 믿는다. 보편적인 평화를 수없이 외치고 나서, 아주 독창적이고도 기발한 많은 수단들이 더 많은 시설들과 사람들을 파괴할 목적으로 수년 내에 고안될 것이다. 국가나, 어디선가 튀어나온 비밀 조직이나, 유명한 예언자나, 이익을 노리는 폭력 집단이나, 어떤 조직이나, 천재적이면서 항상 사악한 일을 추구하는 개인들에 의해서 말이다. 핵폭탄이 아니라면 그 대신 미세포나 박테리아나 바이러스나 가스나 광선이나, 혹은 나는 잘 모르는 그 어떤 것이 우리들 중 많은 이들의 입 안으로 들어갈 위험이 크다.

　이렇게 새롭고 현대적이고, 때로 수공업에 가깝고 인간적이고 흥미있는 것들에 대한 전망이 보다 고전적이고 거의 일상화된 우리의 아주 오래된 폭탄의 운명을 위협하지는 못할 것이다. 이 폭탄은 많은 혐오스런 모습들 중에서 선한 모습은 결코 아니지만 결국에는 최소한 친근한 모습을 띠게 될 것이다.

　우리 각자가 알다시피 그 폭탄은 선한 목적으로 히로시마와 나가사키에서 사용되어 이미 영예스런 결과를 맺음으로써 그 효능을 입증했다. 오늘날 그 효능은 아주 크게 향상되었다. 반세기 전부터 원자탄이나 화학 무기를 사용할 가능성이 우리 편이나 다른 편에서 여러 번 사람들의 머릿속을 맴돌았다. 핵폭탄의 사용은 모든 곳에서 비난과 규탄을 현재 받고 있고, 앞으로도 받을 것이다.

핵확산은 조야한 형태로든 소규모 형태로든 계속될 것이다. 우리는 쓰라린 경험을 통해 정치적 종교적 열정이 어떤 일이든 저지를 수 있음을 안다. 어떠한 연유이든지간에 잃을 게 아무것도 없는 사람들이 항상 존재한다. 잃을 게 아무것도 없다면 왜 종국에는 모든 것을 걸고 모든 것을 무릅쓰지 않겠는가?

언젠가 20년이나 100년이나 150년이나 200년이 지나서, 사람들은 자신들의 천재성의 쓰라린 열매를 따게 될 것이다. 그리스인들은 그 열매를 휘브리스라 부르고, 프로메테우스는 창조적이면서 모든 천재성의 모범이고 또한 불행의 제조자로서 그 화신이다. 그리고 우리는 레츠와 생시몽처럼 말한다면 그 자취가 다 초목이고 전원이 되는 일을 보게 될 것이다.

그래서 지구는 우주의 지도에서 지워질 것인가? 웃음과 눈물, 천재성과 열정, 황홀한 일화들로 가득 찬 인간의 역사는 과연 멈추어지고 말 것인가?

약간의 히스테리

여기서 물론 우리는 다른 것을 본다. 무엇을? 약간의 히스테리를. 약간의 신비한 망상을. 역사와 우리 자신에 관한 어떤 관념을.

어느 날인가 그 마지막 날에는 결국 사라지고 말 길을 우리가 끝까지 아직 다 간 것은 아니라고 믿는 신념 뒤에는 어떤 형이상학적이고도 종교적인, 안개같이 불투명한 것이 맴돌고 있다.

역사, 즉 우리의 역사는 우리가 살고 있는 시대에는 멈출 수가 없다. 왜 그럴 수 없느냐고? 오늘 역사가 끝나 버린다면 역사는 아무런 의미가 없게 될 것이기 때문이다.

믿는 것에 대한 소망

그런데 역사에 어떤 의미가 있기는 한가? 정반대로 생각하는 많은 뛰어난 지성인들과 달리 나는 역사와 생명과 우주는 어떤 의미를 가진다고 믿고, 그러기를 바라는 사람들에 속한다. 사건들의 진행 속에서 계속되는 우연성과 불합리성을 보는 많은 사람들이 반박을 하지만, 이는 자신들의 존재에 의미를 가지는 또 다른 많은 사람들이 공유하고 있는 견해이다.

내 편에서 문제는 그 의미를 잘 모른다는 사실이다. 나는 어떤 의미가 있다고는 믿는데, 그 의미가 무엇인지는 알지 못한다. 나는 세상이 어떤 방향으로도 진행하지 않는다고 믿는 사람들 편이지도 않고, 또 세상이 진행하는 방향을 안다고 믿는 사람들 편이지도 않기 때문이다. 불합리하다는 편도 아니고, 확실하다는 편도 아니다.

세상이 어디론가로 진행하고 있다고 믿지만, 그 방향

을 나는 잘 모른다. 나는 괴상한 신자이다. 아는 신자이기
보다는 믿는 신자이다. 그리고 자신은 잘 모른다는 것을 알
고 있기에 다만 믿는 것을 소망하기만 하는 신자이다.

만물의 질서

내가 믿는 것은? 넌지시 돌려 말하지 말자. 우주가 우연과 필연만의 산물이라고 나는 믿지 않는다.

솔직히 말하자면 우주의 계획과 만물의 질서가 정해져 있다고 나는 믿는다. 그것은 역사 속에서 계발되어 왔고, 그 의미가 우리에게 파악되지는 않았다.

영혼의 요새

우주의 계획과 만물의 질서는 그것을 믿는 사람들에게 위로와 만족감을 준다. 암과, 재앙과, 전쟁의 재난과, 우정의 배반과, 불행으로 끝나는 열정과, 사랑하는 이들의 죽음은 모두에게 똑같이 닥치는 운명이라는 사실을 우리는 안다.

실존의 잔혹함과 온갖 형태의 역경들은 그걸 우리만 겪는 게 아니라면, 또는 신자들이 믿는 신의 섭리나, 고대 그리스 작가들이 말하는 운명적인 사랑과 같은 알 듯 모를 듯한 강력한 존재와 더불어 우리의 아픔을 나눌 수 있게 되면 덜 고통스러워진다. 아무것도 믿지 않는 사람들의 운명은 동정을 살 만하다고, 또 경탄을 살 만하다고 내게는 생각된다.

산도 움직이는 믿음의 사람들을 존중하는 환경에서 나는 자라났다. 허무의 바다 같은 곳에서 붙잡을 것이라고는 자신들에 대한 허상밖에 없는, 부조리하게 보이는 세계 안에서 의롭게 살아가는 사람들에게 나는 언제나 경탄을 금치 못했다. 만물의 질서는 불행의 역사에 주어진 구원의 손길이다.

우주의 계획이 있다면 나는 그 안에서, 그 위에서 안식할 것이다. 운명론자에다가 비활동적이요, 무사태평한 사람인 나에게는 그건 말로 다 못할 피난처가 된다. 영혼의 요새가 된다. 바흐는 그것을 칸타타에서 찬양하고, 코르네유와 라신은 영적인 성극들과 시편을 언급하는 작품들에서, 그리스 비극들은 연극 무대에서, 호메로스는 《일리아드》와 《오디세이》에서 노래한다.

즉시 또 하나의 질문이 위에서 떨어진다. 운명이 이미 정해져 있고, 모든 것이 미리 다 자리잡혀 있다면 왜 세상에 대응해서 행동을 하는가? 만약 만물의 질서가 있다면 그 질서가 자리잡도록 그대로 두면 된다. 아까는 지구에서의 인간의 운명이 지구와는 다른 곳에 생명체의 가능성이 있는지 없는지 여부에 따른다고 했다. 우리가 믿는 우주의 계획은 시간이나 생명이나 허무나 악이나 우리의 자유 의지와 같이 진부하고 골치 아픈 수수께끼이다.

보르헤스식의 사고

우주의 계획이 있다면, 우리는 자유롭다고 말할 수 있을까? 우리가 자유롭다면, 또한 우주의 계획이 있다고 주장할 수 있을까? 그 수수께끼에 대한 답은 역설의 형태를 띤다. 우리는 자유롭지만, 우주에는 계획이 있다. 혹은 아마 조금 더 나은 답은 우주의 계획이 있고, 우리의 자유는 그 계획의 한 기둥이다.

여러분은 자유롭다. 나는 자유롭다. 우리 모두는 자유롭고 예측 불가능한 존재이다. 대개 바로 앞에 있을 일조차 예견할 수 없을 정도로 자유롭다. 내가 그래도 가장 잘 안다는 사람들의 반응조차도, 심지어 나 자신의 반응조차도 예견할 수 없을 정도로 말이다.

거꾸로 나는 예언을 아주 잘하는 능력이 있다. 조금도 틀릴 위험 없이 개인적인 결정들과는 또 달리 중대한 사회적 사건들에 대한 장기적인 전망을 새로운 방식으로 잘 예언할 수 있다. 그러한 예들을 원하는가? 그러자면 내기를 해야 한다! 자, 미국의 세계 지배는 끝날 것이다. 중국은 국력과 영향력 면에서 미국과 같이 약화되기 전까지는 계속 성장해 갈 것이다. 파리와 뉴욕은 조금 먼 훗날이기를 나는 바라지만, 언젠가는 아름다운 폐허의 유적으로 끝이 날 것이다. 백인종, 흑인종, 황인종, 홍인종 같은 인종들의 구별은 우리의 어릴 적 지도에서는 그렇듯 아름답게 표시되었고, 우리의 선조들에게는 그렇듯 분명하고 명백한 것이었지만, 그 차이들을 더 이상 알 수 없을 단일한 빛깔이 형성되어 서둘러 사라지게 될 것이다.

국가는 죽을 수밖에 없는 개인들에 비해서 영원한 이미지로 비쳐졌었다. 우리는 참 많이도 바람에 흩날리는 국기와 비밀 정보 기관과 해외 원정군과, 그리고 기념식 날이면 목에 커다란 뭉치가 넘어가게 하는 그 친숙한 애국가를 사랑했다. 그 국가들이 내일보다는 모레쯤에 충격 속에서 사라지고 세계 정부의 형태를 갖출 것이다. 그래도 괜찮을까? 여러분도 정말 자유롭고, 나도 정말 자유롭고, 우리 모두가 정말 자유롭기 때문에 우리는 우리가 원하는 모든 것을 할 수가 있을 것이고, 조금 일찍이나 조금 늦게라도 내가 여기서 공언한 것이 이루어질 것이다. 왜? 그것이 역사의 흐름이요, 만물의 질서이기 때문이다.

자유는 인간이 출현하기 이전의 우주의 모습에 엄청난 변화를 가져왔다. 자유는 자연과 자연의 법칙들과 필연성과 더불어 경주한다. 자유는 인간이 출현하기 이전에 모든 일을 진행시켜 온 신을 계승했다. 자유는 신의 자리를 대체하고, 신은 다른 곳에서 현현케 했다. 그러나 자유는 우주의 계획을 크게 수정할 순 없었다. 반대로 자유는 헛된 환상에 가까운 새로운 힘과 황당한 효율성으로 그 계획이 잘 진행되도록 도왔다. 두렵고도 음산한 보르헤스식의 아이디어가 백일하에 드러났다.

무한한 듯한 권력에 취하고, 신의 적이 되어 그 신에게 도전하여 이긴 인간의 자유는 우주의 계획과 만물의 질서에 필수적인 요소가 되었다. 우주의 두더지나 운명의 이중 첩자로서의 자유는 무익한 두려움과 함께 자기가 대항하여 싸우는 적의 계획이 이루어지도록 그 자신이 돕고 있었음을 언제나 너무 늦게 발견한다. 신의 섭리에 대항하는 적이 그 섭리를 실현하기 위한 최고의 첩자가 된 것이다.

불확정성, 오 나의 달콤함이여…

인간의 자유는 생각보다 우주에 새로운 것을 많이 도입하지 못했다.

수리물리학의 황금기는 그 천재성으로 인해 공포감까지 불러일으켰던 일군의 거장들이 활동하였던 20세기 전반기였다. 아인슈타인, 보어, 슈뢰딩거, 플랑크, 하이젠베르크, 루이 드 브로이, 디랙 등과 또 다른 많은 학자들이 시인들과 철학자들과 배우들과 전쟁 영웅들과 같은 영광을 누렸다. 우리는 이미 그들 가운데 몇몇의 이름들을 보았다. 하이젠베르크는 물질의 저 깊은 곳에서 경악할 만한 것을 발견하였으며, 그것의 이름을 불확정성이라고 명명하였다.

양자역학과 상대성 이론이라는 지식의 두 가지 위대한 분야가 20세기초에 우주의 구조를 밝혀 주었다. 상대성 이론은 아주 무한하게 큰 것에 관심을 갖는다. 양자역학은 아주 무한하게 작은 것에 관심을 갖는다. 상대성 이론은 공간과 시간 속에서 별들과 천체의 물질들이 서로서로 분리될 수 없는 채로 움직이는 것을 설명한다. 양자역학은 파동과 입자가 천체의 물질들의 움직임에 상응하는 활발한 접촉을 하는 물질이 가진 밀접하고 미소한 구조를 연구한다. 각각의 이론은 각기 분야별로 관찰한 현상들을 성공적으로 해명하였다. 무한히 작은 것과 무한히 큰 것이 만나는 접점이 있어서 상대성 이론과 양자역학의 협력이 필요했는데, 그것이 바로 빅뱅 이론이다. 그러나 이 두 이론은 오늘날까지 서로 부딪친다. 말년에 이르러 아인슈타인의 궁극적인 야심은 그 둘을 하나로 연합하는 것이었다. 그의 시도는 성공하지 못했다.

지난 세기의 두번째 4분기에 무한히 미소한 세계를 구성하는 입자들을 연구하면서 베르너 하이젠베르크는 물리학계를 경악시키는 특별한 사실을 확인했다. 그것은 양자 물질을 시험할 때 그 위치와 속도를 동시에 정확하게 측정하기가 불가능하다는 것이다. 그 위치가 측정되면 그 속도를 알 수가 없다. 그 속도가 측정되면 그 위치를 알 수가 없다. 동시에 그 둘을 측정하기란 불가능하다. 많은 이들이 놀란 베르너 하이젠베르크의 불확정성 원리는 자연의 결정론과 인과 관계의 온전한 연결고리에 비결정성을 주입하였다. 아폴리네르는 이렇게 노래한 바 있다. "불확정성, 오 나의 달콤함이여⋯."

가장 흥미로운 것은 양자의 불확정성은 물질의 일반적인 결정론에 어떠한 작은 영향도 미치지 않는다는 사실이다. 상대성 이론과 그 역설들은 무한히 큰 것에 국한되어 있다고 말할 수 있고, 불확정성은 무한히 작은 것에 제한되어 있다고 할 수 있다. 이러한 물리학의 교훈은 인간의 역사에 적용될 수도 있을 것이다.

하이젠베르크의 불확정성 원리가 물리학에 대해서 그런 것처럼, 무한하고 예측 불가능한 존재인 우리 각자의 자유는 역사의 진행에 그러하다. 불확정적이고 자유로운 우리의 결정과 우리의 실존은 결정론을 벗어나거나 벗어난 것처럼 보이지만, 우주의 계획은 그것에 전혀 영향을 받지 않는다.

뭐 놀랄 게 있는가? 수천 명의 운전자들이 파리의 거리를 누비고 다니지만 필요에 따라, 기분에 따라, 교통 흐름의 우연성에 따라, 순간의 영감에 따라 변하는 각자의 여정을 결정하는 것은 불가능하다. 그러나 저녁 6시와 8시 사이에 퐁뇌프나 콩코르드 다리를 건너는 자동차들의 숫자는 어림잡아 미리 계산할 수 있고 예측할 수 있다.

우주를 축복한다

　한편으로는 대부분 임의적이고 공정하지 않은 것 같은 만
물의 질서가 있다. 또 다른 한편으로는 모든 것을 할 수 있을
것 같은, 그래서 실제로는 큰 일은 할 수 없는 나의 자유가
있다.

　나는 그 양편에 끼여 있으면서 우주를 축복한다. 그리고
나는 내가 살아 있음을 기뻐한다.

불가능성에 대한 불만

다시 현실로 돌아오자. 우리는 자유로운 듯하다. 우리에게 그걸 확언해 주는 철학자들이 있다. 그리고 그걸 부인하는 다른 철학자들도 있는데 그 수 또한 적지않다. 사르트르나 베르그송은 스피노자처럼 생각지 않는다. 그건 여러분이 알아보라.

다른 이들과 마찬가지로 철학자들의 집에도 먹을 것과 마실 것이 있다. 가끔 그들이 인생의 중요한 문제들에 대해서 우리보다 더 아는 게 없지 않은가 하는 의구심이 든다. 헤겔과 니체 이후 한두 세기가 흘러간 이 시대에, 사상의 하늘에서 승리의 화환은 이제는 위대한 철학자만이 점유하는 것이 아니라 위대한 화가나 위대한 작가의 몫도 되지 않았는가 생각해 본다.

나 자신은 보편적인 의미의 자유와 특별한 의미의 나의 자유에 대한 생각으로 머리가 돌 것 같다. 내가 어디에 있는지, 나는 더 이상 잘 모르겠다. 여러분도 아마 마찬가지가 아닐까? 좀 진정하자. 여기 나의 자유를 가로막아, 심지어 거의 전무 상태로 만드는 장애 요인들의 목록을 보자. 이 목록은 총망라된 것이 아니고, 극히 제한된 목록에 불과하다.

내가 할 수 없는 것:

— 꿈속을 제외하고서 내 자신의 능력으로는 하늘을 날 수가 없다.

— 시간으로의 이동을 할 수가 없다. 물리학자들은 시간을 돌이킬 수 있다지만 내게는 결코 그렇지가 않다.

— 동시에 두 장소에 출현할 수가 없다.

— 나 이외의 다른 사람이 될 수가 없다. 가끔 난 그게 아주 유감이다.

— 남들이 침묵할 때, 그 생각을 알 수가 없다.

— 남들이 말할 때, 그 생각을 알 수가 없다.

— 내가 침묵하고 있거나 말할 때, 남들이 나에 대해서 어떻게 생각하는지 알 수가 없다.

— 남들이 하는 일의 결과를 알 수가 없다.

— 나 자신이 하는 일의 결과를 알 수가 없다.

— 남들과 나 자신이 우리가 한 일 말고 다른 일을 할 수 있었는지를 알 수가 없다. 그리고 역사와 세계가 지금과 다를 수 있었는지도 알 수가 없다.

— 장래를 아주 조금이라도 예측할 수가 없다. 장래는 미래로 연장되어 있는 현재가 아니다. 그것은 항상 새롭고 항상 예측 불가능한 것이다.

— 빅뱅 이전에는 무엇이 있었는지, 또한 검증된 루머에 불과한 것 말고는 과거에 진짜 무슨 일이 있었는지 알 수가 없다. 발레리는 말한다. "과거란 다 정신적인 것이다. 그것은 이미지와 믿음에 지나지 않는다."

— 죽음을 피할 수가 없다.

— 태어나는 것을 피할 수가 없다.

— 사후 예정된 운명을 알 수가 없다. 사람은 시간 속에서 몇 년을 보내지만 시간 밖으로는 영원을 보내기 때문에 그 문제는 흥미롭다. 삶은 죽음의 아주 미소한 부분이다. 사후에는 아무것도 없다는 사람들이 있는가 하면, 사후에 뭔가가 있다는 사람들이 있다. 그에 대한 모든 논쟁은 헛되다. 비밀은 잘 지켜지고 있다.

— 진리와 아름다움과 선과 악이 무엇인지 알 수가 없다. 우리는 그것들에 대해 계속해서 말하고 있고, 그것들은 세계의 역사와 우리가 선택하는 어떤 하찮은 일에도 커다란 영향력을 미친다. 게다가 나보다 영리한 사람들은 그것들에 대해 서로 심하게 싸우곤 했다.

— 사랑의 아픔이나 건강 문제나 돈 걱정이나 혹은 장보기, 요리하기, 가계부 정리, 아기 재우기나 매일의 일과 같은 자질구레한 걱정거리들로 속을 썩이고 있는 독자의 관심을 조금이라도

불러일으켰다고 주장할 수가 없다.

　— 남들이 《가르강튀아》나 《보물섬》이나 《정글북》이나 《소돔과 고모라》를 쓰는 것처럼 난 쓸 수가 없다. 그것은 지금까지 내가 한 것보다 훨씬 더 잘해야 하는 것이다. 혹은 더 간단하게 말한다면:

　…성인들이 우러러볼 것이 당신밖에 없는 날에.

　혹은:

　나는 울기 위해서 침묵과 밤을 찾는다.

　혹은:

　당신을 향한 나도 모르는 강한 힘이 나를 사로잡는다.

　혹은:

　신들이여! 내가 숲의 그늘에만 앉아 있더라면…!

혹은:

사랑은 마음에 감지되는 시간과 공간이다.

혹은:

나는 사랑하므로 멍해져서 침묵한다.

남들보다 덜 잘하려고 하는 것은 특히 나를 곤란하게 하는 것이다. 이 말은 내가 존경하는 몇몇 작가들보다 덜 잘하려는 것이라는 뜻이다.

미사는 드려졌다

지드와, 프루스트와, 아라공으로 인해서 고통을 받는다고? 하느님 덕분에 더 이상은 아니다. 나는 이제 거의 걱정하지 않게 되었다. 내 인생의 4분의 3이 지나갔다. 혹은 5분의 4, 혹은 더 많이 지나갔는지도 모른다. 그럭저럭 난 잘 해냈다.

방랑하는 유대인의 모험 가운데 내 마음을 끄는 것은, 당연히 수세기를 통하여 진행되는 그 여정으로서 나의 구상에 아주 큰 도움을 준다. 가령 시대를 잇는 어떤 줄을 찾고 있다가 잠깐 이사크 라크뎀을 생각하게 되었는데, 그 순간 나는 책 한 권의 구상을 마쳤고 이젠 쓰기만 하면 된다는 사실을 알게 된다. 아하쉬베루스가 나의 주의를 끄는 또 다른 점은, 영원히 죽지 않는 것이 그에게 주는 고통이다. 존재하는 것의 행복에 떠나는 것의 행복이 짝을 이룬다.

사람들은 불쌍하게 막간에 아주 한정된 역할들을 맡는 배우

230

들과 같기에 그 무대를 떠나는 것이 아주 힘이 든다. 노동과 사랑과 호기심과 야심만큼이나 이별은 인간 조건의 중요한 테마들 중의 하나이다. 나 자신도 우리가 그렇게 많은 관계들로 맺어져 있는 이 잠깐뿐인 세상에 생각보다 더 많이 집착하고 있는 것 같다. 동 쥐앙과 파우스트 박사와 함께 영원히 죽지 않고 사는 샘은 우리 문화의 커다란 신화들 가운데 하나이다. 보르헤스는 그 문제를 역전시켜 불가능한 죽음의 샘을 찾아서 방랑하는 유대인을 상상했다.

죽음은 노동과 같이 저주이다. 일하는 것보다 더 못한 것은 일하지 않는 것이다. 죽는 것보다 더 못한 것은 죽지 않는 것이다. 나는 삶을 사랑하는 만큼 죽음을 그 삶의 완성으로 수용한다. 삶의 매력, 그 은총, 그 행복은 그 덧없음에서 연유한다. 그 삶이 약간 더 연장되어진다면 아마 지겨워지고, 어쩌면 끔찍해질 것이다. 신들은 요절하는 이들을 사랑한다는 옛사람들의 생각은 의심할 나위 없이 위로삼아 한 것이었다. 선한 의도로건 악한 의도로건 한 천재가 시간과 공간의 세계 안에서 나의 여정을 연장하거나 다시 시작하도록 제안한다면, 나는 단연코 그 제안을 거절할 것이다. 우리는 이미 할아버지 할머니 세대보다 훨씬 더 오래 살고 있다. 한 번으로 충분하다. 미사는 드려졌고, 희극은 끝이 났다. 신은 내가 이 여행을 기뻐했는지 아닌지 알고 있다. 나는 내 의지로 다시 여행을 하지는 않을 것이다. 아주 감사하다. 여기서 체류하게 해줘서 감사하고, 돌아가게 해줘서 감사하다.

용 서

과장하지 말자. 자신이 한 것을 바로 보고, 자신을 있는 그대로 꾸밈없이 평가하는 것보다 더 어려운 건 없다. 너무 높게도 너무 낮게도 아니고, 심하게 우쭐대지도 않고, 너무 과소평가하지도 않고 말이다. 과소평가하는 것은 또 다른 방식의 은근한 자기 자랑이다.

몇 번이나 나는 별로로 그쳤었다. 때로는 별로보다 더 못했다. 잘 모르는 신에게, 그리고 먼저 나 자신에게 그 사실에 대해 용서를 구한다.

고해 성사에 앞서 먼저 구원을 위해 성호를 긋고서, 정신분석과 광고와 그 불쾌한 텔레비전 방송들에 대하여 말하고 싶다. 텔레비전 방송은 스스로 진실이라고 주장하는 것과 오랫동안 감춰진 비밀을 여러분 면전에 뱉어낸다. 그 방송에서 내 모습이 우스꽝스러워지고 혐오스러워지며, 때로는 아주 저질로 보여지는 장면들이 적지않았다. 그 장면은 사소한 일에서부터 충격적인 삶의 모습까지를 망라하고 있다. 그 장면들을 보며 내가 범한 실수로 인해서 나는 괴로웠다. 최악은 그게 아니었다. 그 장면들은 다른 이들에게까지 괴로움을 끼쳤던 것이다.

평범한 것, 진부하기까지 평범한 것이 두렵다. 신의 은총으로 나는 신경증까지 일으킬 정도로 강박적이다. 그렇지 않았다면 내가 이 글을 끝까지 쓸 수 있었을까? 같은 생각들이 끊임없이 내게 떠오르고, 그 생각들에서 벗어나기 위해서 나는 글을 써야만 한다. 대부분의 경우 실패로 끝나고 말지만 말이다.

게다가 그 글은 항상 같은 것, 사람들이 하나의 스타일이라고 부르는 것이다. 비꼬기도 하고 무관심한 척도 하면서 나는 머릿속에서 내 삶을 괴롭게 하고, 아직도 내 얼굴을 붉히게 만드는 사소한 실수들이나 잘못들을 떠올리고 다시 떠올리고는 했다. "나는 내 생각 속에서 편안해"라는 말을 스스로에게 해본다. 이 말은 우리 시대에 대해 한심한 이미지를 주고 있는 헛소리에 불과한 것이 아니던가. 글 속에서 나는 《브리타니퀴스》를 코르네유의 작품으로 간주하기도 했다. 참으로 한심한 일이지만, 《제국의 영광》이나 《방황하는 유대인의 역사》라는 책에서 옥수수죽을 로마 군인들이나 야만족들이 먹는 것으로 설정하기도 했다. 그들은 아직 아메리카 대륙을 발견하지도 못했는데 말이다. 그림 형제들을 디드로와 장 자크 루소의 친구인 그림과 나는 혼동하기도 했다. 루소는 게다가 항상 그와 사이가 틀어졌었다. 의심할 바 없는 나의 부주의였지만 왜 그러하였는지 그 이유를 밝혀 보았자 변화되는 건 없다. 나는 앙기앵 공작을 베르사유의 해자에서 총살시켜 버렸다. 지킬 수도 없는 입장을 고집한 일도 있다. 내가 읽지도 않은 책들에 대해서 나는 열과 성을 다하여 여러 차례 언급했다. 가끔은 아무 말이나 해버리기도 했다. 아무도 내게 그것에 대해 불만스러워하는 것 같지 않았다. 모든 이들이 그런 것들에 대해 상관을 하지 않았다.

잘 알려진 테크닉으로 이런 유치한 일들을 말함으로써 나는 훨씬 더 좋지 않은 것들을 감추려고 한다. 나는 내 인생의 모든 부분에 침묵의 벽을 둘러쳤다. 건강을 위해 필요했던가, 아니면 나 자신을 그렇게 추방함으로써 큰 걱정거리 없이 살아갈 수 있게 하기 위해서 모든 윤리적 가치에 대해 내가 깊은 침묵을 유지할 필요가 있었던가!

가톨릭 신앙 가운데는 내가 경탄하는 점들이 많이 있다. 원죄는, 감히 말한다면 우리에게는 정말로 절실히 필요한 것이다. 성육신은 신을 인간으로, 인간을 신으로 만드는 초인간적이고 정말 신적인 천재적 솜씨이다. 고해 성사는 정직성을 은밀한 죄성에 연결시켜 신의 말씀으로 과거와 죄를 사라지게 하는 또 다른 천재적인 솜씨가 아닌가 싶다.

양심의 가책에 사로잡혀 어느 성인에게 고백하여야 할지를 알지 못해, 결국 이슬람의 이맘을 찾아간 한 살인범에 관한 이야기를 나는 잊지 못한다. 이맘은 맨 먼저 이같이 묻는다. 죽은 희생자가 성전(聖戰, 지하드)중에 불신자로 죽었는지, 아니면 더욱 심각한 경우로 진짜 믿음의 신자로 죽었는지. 이에 당황한 살인범은 유대인 랍비를 찾아갔다. 랍비는 사함이 없는 죄들이 있다면서, 그에게 9세대나 12세대 자손까지 벌을 받는 죄들과 '눈에는 눈, 이에는 이'라는 동일한 보수법에 대한 율법의 몇 구절들을 읽어 주었다. "한 사람이 다른 사람을 때려서 결국 죽게 되었다면, 그 때린 사람도 죽여야 한다. 그 처벌은 이방인이건 동족이건 똑같이 적용된다. 왜냐하면 나는 영원한 너희 하나님이기 때문이다." 살인범은 이제 미칠 지경이 되어 한 목사의 집을 찾아갔다. 목사는 그 말을 듣자마자 전화기를 향해 걸어가면서, 선량하게도 경찰이 들이닥치기 전에 빨리 도망치라고 충고했다. 신과 사람들로부터 버림받고, 마음은 어두운 생각들로 가득 차 목을 매어 자살하려고 잡아맬 끈을 찾아서 죄인은 한 성당 건물로 들어갔다. 오르간 대신에 음반이 그의 어린 시절을 회상시키는 시대에 뒤떨어진 축음기에서 돌아가고 있었다. 사제복을 입은 한 신부가 그를 향내나는 어두운 고해실로 인도했다.

— 신부님, 저는 살인을 했습니다. 살인범이 말하였다.

사제는 조금 망설이다가 물었다.

— 이번이 몇번째이지요?

용서를 향한 길은 고백을 통해 열린다. 나 역시 그 고백을 위해서 이 책을 썼는지도 모른다. 하지만 나는 그 고백을 하지 않을 것이다. 우선은 스피노자 때문에 그러하다(앞글 참조). 그리고 아주 신성한 비밀로 지켜지는 가톨릭의 고해 성사와 달리 공적인 고해가 얼마만큼이나 기쁨과 만족감을 불러일으킬지 아무도 모르기 때문이다. 광적 유행인 투명한 정직성이란 참 좋은 것이다. 그러나 어두움, 침묵, 캄캄함이 때로는 더 좋은 것이다.

하지만 예의 살인범처럼 침묵이 말하는 것보다 훨씬 더 어려운 경우가 있다. 우리는 우리가 한 것, 혹은 우리가 하지 않은 것을 신발 속에 들어온 작은 돌을 제거하듯이 버리고 싶어한다. 그런데 우리는 그렇게 할 수가 없다. 바로 그런 경우이다. 우리는 그것을 했다. 혹은 우리는 그것을 하지 않았다. 감내할 수 없는 과거로부터 우리가 벗어나는 것은 불가능하다.

모든 것이 가능한 신조차도 그것을 지울 수 없다. 가장 작은 몸짓도, 가장 작은 생각도 시간의 보이지 않는 책에 영원히 기록되어 있다. 과거에 있었던 일이 더 이상 없을 수가 없다. 낙원은 바로 그것이다. 그리고 지옥도 바로 그것이다. 메소포타미아인들처럼 초기의 기독교인들은 천국은 하늘 높이 있고, 지옥은 저 아래 나도 모를 저 깊은 심연 속에 있다고 믿었다. 천국과 지옥은 위에도 없고 아래에도 없다. 그것들은 바로 우리 안에 있다. 그리고 최후의 심판은 창조와 같이 처음부터 끝까지 영원히 계속되는 것이다.

고백은 과거를 지울 수는 없어도 과거에 다른 의미를 부여할 수는 있다. 그것은 나의 능력을 조금 넘어서는 신비이다. 그렇지만 그건 명백하다고 볼 수 있다. 모든 언어들은 형이상학적이다. 예언자와 코란의 언어인 아랍어가 신적이고 신성한 것은 우연이 아니다. 〈창세기〉의 신께서 자신이 창조한 것에 이름을 붙인 것은 우연이 아니다. "하나님이 빛을 낮이라 칭하시고, 어두움을 밤이라 칭하시니라." 그리고 사람으로 하여금 다른 피조물들의 이름을 붙이도록 하였다. "여호와 하나님이 흙으로 각종 들짐승과 공중의 각종 새를 지으시고, 아담이 어떻게 이름을 짓나 보시려고 그것들을 그에게로 이끌어 이르시니 아담이 각 생물을 일컫는 바가 곧 그 이름이라." 〈요한복음〉에서의 말씀이 곧 하나님인 것은 우연이 아니다. "태초에 말씀이 계시니라. 이 말씀이 하나님과 함께 계셨으니 이 말씀은 곧 하나님이시니라."

자백, 소설, 회한, 정신분석, 고해, 회개와 같이 자기 자신과 과거로 인해서 고통받는 사람들을 구원하는 것은 언어를 통해서이다.

브라보

윤리 문제에 관하여 나만큼 걱정이 없는 사람도 없을 것이다. 나는 그걸 마음에 담아두지 않는다. 내 사고 능력을 넘어서는 형이상학에 질려서 나는 논리학이나 윤리학·심리학을 결코 좋아하지 않았다.

논리학은 나로 하여금 지겨워 죽을 지경으로 만든다. 윤리학은 내게는 항상 석연치 않았다. 심리학은 증오한다. 그것들은 주식 시장이나 일기 예보나 여론 조사들과 같다. 그러한 것들은 우리를 착각하게 만들고, 그러다가 맞는 경우가 생기기까지 한다. 또한 그것들과 같은 것으로 그래프나 방정식을 사용하지만 거의 사기에 가까운 허위 학문들이 있다.

무관심한 태도를 나는 계속해서 유지했고, 그 무관심에다가 열정을 혼합시켰다. 손을 주머니에 넣고 고개를 쳐들고서, 그리고 뜨거운 눈물을 흘리면서 세상을 돌아다녔다. 큰 소리로 웃기도 하면서 말이다.

인생은 과장된, 한 편의 아름다운 오페라이다. 나는 얼간이로 그 오페라 같은 삶을 두루 겪어 보았고, 요란하게 갈채를 보내기도 하였다. 책이며 영화, 연극, 미술, 조각, 건축과 여타의 것들은 부산물들에 불과하다. 나는 바다와 눈, 스키, 배, 모든 형태의 현기증 나는 것들, 모든 짜릿한 쾌락들을 우리가 소위 말하는 문화보다 더 좋아했다. 특히나 그 문화가 암소보다 살지고, 고유명사화되는 것 같을 때 말이다. 진부한 개념으로서의 문화는 우리가 다 잊었을 때에도 계속해서 남아 있는 것이다. 내게는 여러 차례나 그 문화 자체조차도 망각해 버리고 싶은 충동이 일어났었다.

문화에서 내가 좋아하는 점은, 아주 오래전부터 사랑의 관계로 시작해서 세월과 함께 익숙해진 공범 의식이다. 우정의 형성은 그 힘이 되기도 하고, 그 약점이 되기도 한다. 모든 문화, 모든 문학은 각자 자기의 취향에 따라 소중히 여기기도 하고 버리기도 하는 일종의 준거 기준의 역할을 한다.

모든 그림과 음악과 그 이름값을 하는 예술 작품은 영향을 받고, 또 영향을 준다. 모든 책은 다른 책들을 참고로 한다. 모든 저자는, 나도 예외는 아닌 바 자신이 지은 책이 독창적인 것이기를 바라며, 그 책에서 자신 안에 투영된 세계를 표현하고자 한다. 그러나 그 책은 시작도 없고 끝도 없는 긴 카탈로그에 한 권이 더해진 것에 지나지 않는다. 그 카탈로그는 수려한 전통으로 꾸며져 있다. 그 전통은 끊임없이 공격을 받으며, 끊임없이 추종자를 거느리고, 권태와 망각과 진부함과 파멸과 야만성의 위협을 받고 있다. 또한 그 안에서 학파들이 계속해서 바통을 이어가고 있다.

평론과 해설과 해석이 작품들 위에 쌓여간다. 점점 더 두꺼워지는 지식의 층위가 마침내 그 작품들을 질식시켜 버린다. 수천의 책들이 아리스토텔레스에 대해서, 베네치아의 회화에 대해서, 동 쥐앙에 대해서, 마릴린 먼로에 대해서 쓰여졌다. 돌과 산과 참나무와 소나무 숲 속에서, 강이나 바다 연변을 따라서, 대도시나 그 교외 지대의 정글 속에서 살아온 것만큼이나 우리는 언어의 빛 속에서 살았다. 언어는 문화라고 불리는 것에 필수적인 요소가 된다.

독단적이면서도 소중한 우리의 문화는 이런 글들로 많은 이들의 가슴을 두근거리게 했다. "날씨가 좋든지 안 좋든지, 저녁 5시면 팔레루아얄을 산책하는 것이 나의 습관이지요…." "나는 유례가 없는 계획을 세우고 있습니다. 거기에는 어떤 모방도 없을 것입니다. 나는 사람들에게 자연의 진리 자체 속에 있는 한 남자를 보여주고 싶습니다. 그 남자는 바로 내가 될 터인데….""4년 전 이 땅으로 다시 돌아왔을 때, 나는 소오와 샤트네이의 이웃에 있는 올네이라는 작은 마을 곁, 숲으로 덮인 작은 골짜기들로 가려진 정원사의 집을 한 채 샀지요….""베리에르라는 작은 마을은 프랑슈콩테 지방의 가장 어여쁜 마을로 꼽힐 수 있답니다….""물론 정말 많이도 되뇌는 대사들이 있다. "카르타고의 한 읍인 메가라의 하밀카라는 정원에서….""그곳은 클로델이 증오하던 곳이다. 더욱 유명한 구절도 있다. "오랫동안 나는 일찍 잠자리에 들곤 하였는데….""그리고 〈소유와 무소유〉라는 영화에서 험프리 보가트와 로렌 바콜이 만났을 때의 대사. "나를 필요로 할 땐 휘파람을 부세요… 당신, 휘파람 불 줄 알죠…?"이는 〈치타〉의 무도회가 끝날 무렵 버트 랭카스터가 클라우디아 카르디날레를 바라볼 때 나온 대사이기도 하다. 또한 〈필라델피아 스토리〉에서 아주 거칠었던 캐리 그란트와 캐서린 햅번이 요트에서, 프랑스어로 '레 장셰네'라 일컫는 〈오명〉이라는 영화의 끝부분에서 악당들에 의해 독약을 마시게 되어 반쯤 의식을 잃은 잉그리드 버그먼이 캐리 그란트의 팔에 안겨 내려오는 계단에서도 되뇌어진다.

정말 우리는 그것들을 얼마나 즐겼는지! 얼마나 슬펐고, 얼마나 재미있었는지 모른다. 나는 온종일 온밤을 잠도 없이 보낸 날들을 기억한다. 그땐 내 마음이 그렇게 격동하는 것보다 차라리 죽는 편이 낫다고 느껴졌을 정도였다. 그런 날들이 사라진 과거 시절이 떠올라 슬픔과 아이러니가 섞인 기쁨을 주곤 한다. 그런 날들이 내게 말한다. "슬퍼해라. 네가 다 겪은 일들이다."

물론 내가 존경하는 사람들보다 못하다. 타인들을 먼저 돌보는 성인들이나 술에 취한 시인들보다 못하다. 약간의 수치감이 내가 여기 쓰는 글들에 묻어 있다. 많은 이들이 몸과 혼으로 고통을 겪었고, 많은 이들이 그들의 능력을 넘어서서 살아왔다.

나는 좀 더 빛나 보이는 삶을 무척이나 좋아했다. 더 낮은 것이 아니라 더 빛나는 것이다. 태양을, 성공을, 쾌락을, 행복을 좋아했다. 셔츠며, 신발이며, 내가 바라는 분명한 목적지를 향해 빨리 달려가는 자동차며, 소나무와 올리브나무가 있는 백사장이며, 바닷가 바위를 퍽이나 좋아했다. 나는 섬과 여름 밤과 여성의 부드러운 몸을 좋아했다. 돈을 너무나 좋아했다. 왜냐하면 돈은 나를 자유롭게, 나를 즐겁게 하는 일들을 하는 데 장애가 되는 것들을 없애 주었기 때문이다. 나는 행복하기 원했다.

나는 행복했다. 브라보. 이 브라보 속에 세상의 모든 슬픔이 담겨 있다.

감 사

간교하게 소란을 피우며 남들에게 보이기 위해서 마조히스트적으로 거짓 점잔을 빼는 것에 불과한 회개를 나는 혐오하지만, 고해와 통회의 기도에 대해서는 이미 찬사를 보냈다. 자비와 함께 가장 큰 덕목에 속하는 희망을 나는 항상 간직하였다. 희망과 자비, 이 둘만으로도 세상을 살 만한 곳으로 만들기에 충분하다.

주여! 내가 속 좁은 신앙인이 되는 걸까요? 좋은 감정들이란 얼마나 무서운가! 그 감정들이 만년에 나를 질식시키지 않을까? 이것이 축복의 형태로 오는 저주이다. 나는 항상 은총의 행위들에 대해서 마음이 약해진다.

용서보다는, 브라보보다는, 더더구나 헤어지는 인사보다는 감사함을 표시하기 위해 나는 이 페이지들을 쓴다. 장미꽃에 대하여도 감사하고, 가시에 대하여도 감사하다. 가시는 나의 경우 그렇게 많이 찌르지 않았다. 장미꽃은 아름다웠고, 나는 그 향기를 좋아하였다.

많은 걸 난 빚졌다. 그런데 누구에게? 물론 나의 부모님에게다. 사별한 뒤, 그렇게도 자주 언급했던 잊을 수 없는 나의 아버지에게 고맙다. 그리고 내 글에서는 적게 언급하였지만 정말 사랑했고, 또 나를 보통 이상으로 사랑한 어머니에게 고맙다. 그 거룩한 이름을 축복하소서. 그리고 조부모에게, 또 내가 알지 못하는 태초까지 연결되는 선조들에게 고맙다. 그들이 없었다면, 뽐칭크칭크, 나는 여기 없었을 것이다. 글쓰기를 가르쳐 주고 마치 손으로 이끌어 가듯이 나를 지식의 세계로, 사고의 세계로 인도해 준 선생님들에게 고맙다. 나무나 돌에 형태와 빛깔을 새겨 놓은 이들에게, 칸타타와 책과 언어를 쓴 이들에게 고맙다. 나는 평생 동안 그것들을 돌아보았고, 내가 항상 추구해 온 행복을 거기서 많이 얻었다. 나의 인생 여정 동안 함께 동행했던, 이제는 죽은 사람이 되기도 하고 아직 살아 있기도 한 이들에게 고맙다. 나와 아주 깊은 관계를 맺은 이들에게 고맙다. 그들이 없었다면 난 아무 것도 되지 못하였을 것이다.

어떤 인간도 내 눈앞에서 그냥 죽어갈 수 없을 것이다. 윤리적이라기보다는 동물적인 것에 가까운 충동이 내게 일어나 그에게 도움을 주려 할 것이기 때문이다. 어떤 사람도 고립된 섬이 아니다. 누구를 위해 조종을 울리느냐고 결코 묻지 마라. 그 종은 당신을 위해 울리는 것이다.

연대감을 느끼는 것은 사람들만이 아니다. 사람과 아주 가까워서, 예를 들어 말과 같이 오랫동안 떨어질 수 없는 동물들만도 아니다. 나의 선조들이 물려준 이 땅에 많은 은혜를 입었다. 내가 죽을 때 내 뒤에 오는 이들에게 이 땅을 물려줄 것이다. 이 땅에서 나는 정말 행복한 마음으로 많이 돌아다녔다. 태양에게 많은 은혜를 입었다. 나는 태양 앞에서 거의 경탄의 마음을 가진다. 내 이전의 많은 이들이 태양을 신으로 숭배하기도 했다. 그리고 달은 여신으로 숭배했다.

우리는 생명이 물질에서 나오는 것을 안다. 나의 온 존재는 내가 나온 생명 덕분이다. 또한 그 생명이 나온 물질 덕분이다. 수많은 싹들 중에 나는 생명의 열매로 맺혀졌고, 한 사람이 되었기에 정말 커다란 성공작이 되었다. 나는 의식으로 승화된 물질의 한 작은 부분이다. 그리고 나의 육체는 모든 물질이 그러하듯이 재로 돌아갈 것이다.

오늘날 하나로 이어지는 끈이 우주의 별에서 원자, 쿼크에 이르기까지, 빅뱅에서 우리 자신들에 이르기까지 연결되어 있음을 우리는 안다. 나는 전체의 한 부분이다. 나는 그 중심부가 아니다. 사람이 그 중심부라고 믿었던 옛사람들은 시간이

다하여 사라졌고, 또한 우리의 시간도 다할 것이다. 그걸 의식하기에 나는 그것을 조정한다. 내가 그것을 조정하지만, 또한 거기에 의존되어 있다. 오스카 영화 시상식이나 세자르 시상식에서처럼 내 옷의 재단사와 내 이발사와 내 부모님과 내 팀에게 감사한 마음을 보낸다. 저 깊은 곳의 쿼크와 밤하늘에서 보는 별들에게 감사하다. 개와 고양이에게, 모뵈주에서 돌아오는 열차 안에서 나를 웃게 하였던 손녀에게 감사하다.

이제 그만 인정해야겠다. 이렇게 책의 끝부분에 이르렀지만, 첫 줄을 읽기 시작했을 때보다 더 알게 된 게 별로 없다. 여러분이 읽었기에 이 책은 그냥 읽혀졌던 것이다. 뱀이 자기 꼬리를 물 듯이 끝이 시작에 연결되어 아주 간단하고도 균형이 잡혀 있다고 볼 수도 있다. 그러나 이 책도 다른 책과 마찬가지로 많은 책들 가운데 한 권에 불과하다.

삶을 변화시키는 책이란 거의 없다. 유대교의 율법은 삶을 변화시킨다. 기독교의 복음은 삶을 변화시킨다. 이슬람교의 코란은 삶을 변화시킨다. 마르크스의 《자본론》도 삶을 변화시켰다. 히틀러의 《나의 투쟁》도 많은 이들의 삶을 변화시켰다. 몇몇 다른 책들이 사람들의 삶을 변화시켰고, 나의 삶도 변화시켰다. 하지만 이 책의 의도는 삶을 변화시키는 것이 아니었다. 눈물을 빼게 하는 것도, 크게 웃게 하려는 것도 아니었다. 운전하는 법을, 화상을 치료하는 법을, 돈 버는 법을 가르치려는 것도 아니었다. 어느 누구에게건 뭔가를 권고하려는 것도 아니었다. 단지 세상을 향해 인사를 하고, 감사를 표하려는 것이었다. 나는 세상에 감사하다. 그리고 나는 세상에 안녕이라는 인사를 전한다. 세상은 나를 행복하게 했다. 여러분도 그렇게 행복하기를 바란다.

스스로 착각하지 마라. 조심하는 걸 잊지 마라. 분명한 사실조차도 시간이 지나면 변할 수 있는 것이므로 조심해야 한다. 사람들이나 사물들을 너무 높게 평가하지 마라. 또한 너무 낮게도 평가하지 마라. 올라가라. 증오심을 포기하라. 증오심은 그 대상이 되는 사람들보다 그 마음을 품은 사람들에게 더 큰 고통을 준다. 현명한 태도만을 꼭 지키려고 하지 마라. 광적인 열정도 현명한 것일 수 있다. 현명한 것도 광적인 열정일 수 있다. 규범이나 교훈을 피하라. 이 책을 버려라. 여러분이 원하는 것을 하라. 그리고 여러분이 할 수 있는 것을 하라. 울어야 할 때는 울어라. 또 웃어야 할 때는 웃어라.

내가 왜 여기까지 왔는지 모르겠다. 내가 어디서부터 왔는지 모르겠다. 어디로 가야 할지 모르겠다. 나보다 먼저 온 이들이 있다. 내 뒤에 오게 될 이들도 있다. 그들은 대답 없는 같은 질문을 계속해서 던질 것이다. 그들은 이전에 생각할 수도, 상상조차 할 수도 없었던 일들을 보게 될 것이다. 그들은 계속해서 희망을 가질 것이다. 그들은 고통을 겪게 될 것이다. 그리고 그들은 아직 젊고, 그들 앞에 얻을 수도 잃을 수도 있는 삶을 두었기 때문에 웃게 될 것이다.

나를 받아 주고 환영해 주어서 감사하다. 내가 사랑한 이들과 나를 사랑해 준 이들에게 감사하다. 그들은 잘해 주었다. 그래서 내게는 매력이 있었다. 나는 최선을 다하여 노력했다. 그래서 가증스러웠다. 내가 몰랐거나 내가 무시해 버린 이들과, 나를 혐오하는 이들에게 감사하다. 내 발밑에 밟히는 길가의 부드러운 돌들에게, 가장 먼 성운의 가장 멀리 떨어져 있는 별에게도 감사하다. 그리고 신에게 감사하다. 신은 길가의 돌보다, 멀리 있는 성운의 먼 별보다 내게는 더 가까운 존재이다. 눈앞의 현실이라지만 곧 사라져 버릴 이 세상이라는 꿈속에서 또 하나의 다른 세계를 향하는 꿈과 희망을 준다는 면에서 그러하다.

아 듀

먼저 나는 이 책의 제목을 '아듀'라 짓고 싶었다. 그건 좀 우스꽝스러웠다. 만약에 내가 또 어떤 책을 쓰게 된다면, 대중에게 은퇴 선언을 하고도 떠나지 않는 오페라 가수들과 같은 처지가 될 위험에 빠지지 않겠는가. 여러분도 아는 위인들이 하듯이 '아듀 (I)'이라 지을까도 했었다. '아듀 (II)'를 내볼 수도 있고, 또 망령이 나서 '아듀 (III)'를 생각해 볼 수도 있을 것이다. 재미있을까? 나는 모르겠다. 조금 빼기는 듯한 느낌이 든다.

나는 또 '이만하면 성공이다'라는 제목을 생각해 봤다. '자, 이제 일을 끝마쳤다'라는 제목도 그리 나쁘지 않았다. 그건 좋은 제목감이다. 원하는 이가 있다면 그 제목들을 주고 싶다.

자, 일을 끝냈다. 나는 많은 일을 했다. 그럼에도 카툴루스나 스위프트나 하인리히 하이네나 짧지만 영예스런 삶을 산 폴-장에게는 미치지 못한 것은 별개의 일이다.

사는 것이 의무라면, 내가 그 의무를 대충 하고 말 때에,
나의 수의는 어쨌든 그런 나를 숨겨 주리라.
죽는 것을 알아야 해, 파우스티나, 그리고 침묵하는 법도,
길버트처럼 죽는 것을, 그 열쇠를 삼켜 버리면서.

더 이상 말하지 말자. 아듀, 미리 작별 인사를 보낸다.

나 이후로는 아무도 내가 쓰는 것처럼 쓰지 않을 것이다.
다른 사람들보다 내가 더 잘 쓴다는 얘기를 하고 싶은 게 아니다.
내가 말하고 싶은 것은, 내가 쓰는 것처럼 쓰는 사람은 내가 마지
막이라는 것이다. 나는 되돌아온 반품이요, 시리즈의 끝이다. 지
난 세기의 방식으로, 2세기 이전의 방식으로 썼다. 라 브뤼예르,
퐁트넬, 보브나르그, 메리메, 쥘 로맹이나 모랑처럼 썼다. 물론
그들보다 더 못하게 썼다는 점은 나도 잘 안다. 나는 오래전에 끝
이 난 족보의 최후 인물이다.

나 이후로는 다른 사람들은 다르게 쓸 것이다. 어쨌든
그들에게 나는 그렇게 충고했다. 항상 같은 것을 하기를 영
원히 바랄 순 없는 것이다. 시대는 변한다. 사상도 변한다.
언어 또한 발전한다. 책은 영적인 삶에서 예전에 차지했던
위치를 더 이상 영위하지 못한다.

공구 상자는 다른 도구들을 펼쳐 놓는다. 다른 도구들은 열

띤 활력으로 우리가 사고하는 것을 돕거나 우리 대신 사고하려고 나선다. 나 자신조차도 막 끊어지려는 줄을 잡고 있는 것 같은 느낌이 들 때가 가끔 있다. 우리는 오랫동안 항해를 계속하면서 모든 대양을 위풍당당하게 넘나드는 함선들을 타고 있는 것 같다. 그 함선들은 사방의 바다를 향해 나아갔다가, 또 선박 수리용 도크와 항구를 향해 서둘러 돌아온다.

아! 책들이 비처럼 계속해서 내리는 것 같다.

선인장은 죽음에 이르렀을 때 꽃을 피운다.

안녕, 안녕, 우리 부모들과 우리 조부모의 부모들이 읽었고, 우리 자신들도 그렇게 좋아했던 책들이여. 안녕, 우리가 저술한 책들이여.

흐느낄 것도 없고, 잿더미에 얼굴을 파묻을 것도 없다. 어떤 미래가 준비되어 있는지, 나 이후에 다가올 게 무엇인지 나는 잘 모른다. 그러나 이후의 것이 이전의 것보다 못하지 않으리라는 것은 확실히 안다.

이름도 없는 별볼일 없는 것일 거라고? 허, 참! 전설 같은 과거로부터 지금까지 우리 자신들이 한 것은 별로 뛰어난 것이 없었다. 오히려 참담함을 불러일으키는 것들이 아니었을까? 나도 그걸 겪었다. 이상하게 들릴지 모르지만, 우리 이후에도 세상은 계속해서 돌아갈 것이다. 여러분과 내가 없이도, 높고 낮은 부침을 겪으면서도 여하튼 세상은 돌아갈 것이다. 세상은 우리 자신들이 우리의 인생 드라마 속에서 겪었던 것보다 훨씬 더 우리의 후손들을 행복하게 해주지는 않을 것이다. 여러분도 알다시피 천국의 복원은 내일 당장 될 게 아니다. 묵시록의 실현도 그렇다.

참! 여러분은 여기서 마주쳤던, 장발을 한 브르타뉴 출신의 노인을 희미하게나마 기억하는가? 그는 바로 르낭이다. 그는 진리는 슬픈 것일 터라고 우리에게 속삭이듯 말하곤 했다. 진리가 슬프다고? 적어도 우리 각자에게는, 그리고 또… 우리에게 죽는다는 것은 이미 양해되어진 일이다. 하지만 죽음의 공포가 어느 누구에게도 그 자신의 삶을 즐기는 것을 방해하지는 않았다. 우리 앞의 죽음은 무엇보다도 쉽게 잊혀지곤 한다. 적어도 인간에게는.

인간은 이미 사라졌고, 또 앞으로 사라질 다른 종의 생물들처럼 언젠가는 사라지고 말 것이다. 어찌됐든지 우주만은 어떤 방식으로든 사라질 것이다. 우주는 결국 끝이 날 것이다. 인생의 한 날이, 사랑이, 한 시절이 과거 속으로 흘러갔기 때문에 우리가 슬프게 우리의 인생을 돌아보는 것은 아니다.

미켈란젤로는 신께서 과거의 추억에게 자매 하나를 주었는데, 그 자매의 이름은 희망이라 불리었다고 말하였다. 우리 존재의 실존을 밝히는 것은 바로 희망이다. 희망과 같이 밝은 추억도 있는 것이다. 인간과 삶과 우주가 뒤에 남기는 추억은 결코 슬픔으로만 끝나지 않을 거라는 생각을 나는 굳건히 믿고 있다.

우주와 인간이 더 이상 존재하지 않을 때 누가 우주와 인간을 기억할 것인가? 아무도 없을까? 가능할까? 인생은 꿈에 지나지 않기에 결국은 꿈속에서만 그것들이 존재했다는 말일까. 나는 이 지구에 다녀갔고, 지구는 공간과 시간 속에서 굴러갔다. 내 존재는 꿈에 지나지 않고, 내 주위의 모든 존재도 기막힌 일관성을 가진 체계로 구성되어 있는 꿈에 불과한 것이라는 점이 불가능한 것은 아니다. 그 꿈을 꾸는 사람은 없는 채? 누가 알랴? 그렇듯 잔인하고도 아름다운 이 꿈이 꿈꾸는 사람도 없는 악몽이라고는 생각되지 않는다.

삶과, 역사의 모호함과, 우주의 운명이 주는 슬픔과 고통을 넘어서서 우리 안의 무엇인가가 진리도, 궁극적인 진리도 결국은 슬픈 것이리라는 생각을 물리친다.

커다란 말을 타듯이 나 자신보다 더 높은 자리에 오른 것이 옳지 않았던 것은 아닌지 가끔 자문하곤 한다. 나의 이 느낌은 다른 독자들과 함께 공유되어지는 것일 수도 있다. 내가 아는 것은 내 삶이 슬프지 않으리라는 것이다. 불확실함과 번민 속에서도 내 삶은 내가 꿈꿀 만한 것은 모두 가져다 주지 않았나 싶다. 그래서 눈물 속의 축제인가… 나는 나의 삶을 정말 사랑했다. 정말 슬픔을 느낄 정도로 사랑했다.

　도저히 반박할 수 없는 독재적인 한 사상이 지배하고 간계를 부리는 것에 끊임없이 충돌하다가 지쳐 떨어진 지로두는 언덕에 올라 마음껏 소리쳤다. "프로이트는 개똥이다! 프로이트는 개똥이다!" 나 또한 기꺼이 산의 정상에 올라 이 세상을 찬양하고, 나를 받아준 것에 대하여 이 세상에 감사를 전하고 싶다.

　내가 태어난 것에 대하여 불평할 건 하나도 없다. 내가 죽을 수밖에 없는 존재라는 데 대해서도 유감이 없다. 나는 내 인생을 쓰지도 않았고, 써볼 생각도 하지 않았다. 내 인생을 카드로 정리하지 않았다. 내 인생을 미리 세운 계획대로 만들어 가지 않았다. 내 인생을 관리하지도 않았다. 삶이란 살아 있는 생명체들이 세상에서 함께 가장 잘 공유할 수 있는 것이다. 어떤 삶이든지 이 땅 위의 어떤 것도, 미덕도, 국가도, 어떤 형태의 기관도, 과학도, 윤리도 그것보다 더 신성한 것은 없다. 미리 안녕이라는 작별 인사를 보낸다.

　잠깐! 이 세상의 길들을 조금만 더 돌아보고 싶다. 그 길들을 따라 율리시스와 예루살렘의 왕과, 베네치아 공화국과 터키 제국의 노예선이 다녔던 전설의 지역들이 있다. 얼마나 그것들을 동경하였는지 모른다. 여러분을 떠나기 전에 태양빛으로 불타는 바위들을 조금만 더 돌아보고, 추억으로 가득하고 나를 정화시켜

주는 바다에 조금만 더 들어가고 싶다. 여러분을 부둥켜안고서 그 숨소리를 들으며 어깨의 굴곡과 부드러운 가슴 사이에서, 내가 그렇게도 사랑했던 여러분의 팔에 안겨 잠들고 싶다. 가장 커다란 신비로부터 내게 주어진 이 삶을 조금만 더 만끽하고 싶다. 나는 삶에 찬사를 보내는 것을 멈춘 적이 없다.

안녕…! 안녕…! 연인들이 서로 헤어질 줄 모르는 이탈리아 오페라와 같은 방식으로 나의 작별을 노래하고 싶다.

지나갈 뿐 계속해서 머물지 않는 것들에 우리는 얼마나 크나큰 애착을 가지는가! 우리를 저 멀리 사라지게 할 시간에 우리는 얼마나 밀착되어 있는가! 시간을, 태양을, 비를, 그렇게도 쉬이 잘 지나쳐 버리는 장소에 있던 작은 카페들을, 오랫동안 오지 않았던 장래에 대한 초조한 기다림을, 영원히 사라진 과거에 대한 추억을 나는 정말 사랑했다.

아주 커다란 것을 보고는 경탄했다. 아주 작은 것은 좋아서 어쩔 줄 몰랐다. 이탈리아의 푸이유 지대에서, 섬의 인적 없는 해변가에서, 저녁 무렵 우리 마을 길가에서, 강가와 언덕을 따라서 나는 꿈을 꾸며 돌아다녔다. 고통은 내게 연민을 갖게 했고, 천재성은 나를 웃게 만들었다. 이 세상이 내 집처럼 편안했다. 이 세상을 과대평가하지는 않으면서 경탄과 감사함으로 경험했고, 안락하게 살았다.

이제 시간이 꾸물거릴 만큼 꾸물거렸다고 빨리빨리 하며 나를 재촉한다. 나는 결말에 쫓긴다. 결말이 내 옷자락을 잡는다. 그 결말도 사랑한다. 모든 것이 좋다. 안녕. 안녕.

이만하면 성공이다

　오랫동안 나는 이런 질문을 스스로에게 던져 보곤 하였다. 내 존재를 어떻게 실현해 가야 하나. 또한 알 수 없는 어떤 인격적인 존재 같기도 한 신비한 힘이 이 낯선 우주의 한 낯선 지역에서 나에게 허락한 시간을 어떻게 감당해야 하나. 이제 더 이상 그런 질문은 하지 않게 되었다.

　이만하면 성공이다. 게임은 끝났다.

　더 이상 진행될 것이 없다. 주사위들은 아직도 돌고 있지만, 점점 더 빨리 돌 뿐이다. 아니 어떻게 보면 점점 더 천천히 돌 뿐이다. 주사위들의 움직임은 더욱 느려지기도 하고, 더욱 빨라지기도 한다. 그렇게 축제는 벌써 막을 내리고 있다. 회한과 더불어 일종의 안도감이 찾아든다.

　그래 좋았다. 참으로 좋았다. 그래 이대로가 좋다.

이 책을 호주머니에 넣고 다녀라.

그러다 이따금 몇 쪽씩 들추어도 보라.

그리고는 잊어버려라.

돈이며 롤러스케이트 · 치과 · 텔레비전 등과 같이 나와 시간과 영원과, 그리고 신에 대해 생각하는 것과는 다른 일들이 우리를 기다리고 있다.

어린 시절의 그 신, 우리의 소망인 그 신이 존재하기는 한단 말인가?

나는 모른다.

그러나 그밖에는 아무것도 존재하지 않는다.

.

여러분의 가정에 안녕을,
그리고 아이들에게 키스를.

장 도르메송은 1925년 6월 16일, 좌파 정부의 대사직을 역임했던 아버지와 부르주아 가문 출신의 어머니 사이에서 태어났다. 전통적 가치를 중시하는 분위기 속에서 교육을 받았고, 굴곡 없는 반듯한 행로를 따라 고등사범학교에 입학, 철학사 학위 취득, 교수자격시험 합격 등 일찍부터 명석한 학생의 엘리트 코스 자격증을 취득한다. 이후 유네스코 관료로 일하면서도 글쓰기를 놓지 않고《사랑은 기쁨》《장의 집 쪽으로》등을 발표한다. 그러나 1971년《제국의 영광》을 발표하면서야 비로소 그의 문학이 빛을 보게 되었다. 그는 이 소설로 프랑스 학술원 대상이라는 타이틀을 거머쥔다.

1974년 학술원의 최연소 회원으로 등극하게 되고, 이후 학술원의 전통을 무너뜨리고 여성 작가인 마르그리트 유르스나를 입회시키는 데 큰 기여를 한다. 일간지《르 피가로》의 대표를 맡아 일하면서 작품도 꾸준히 발표했다. 자신의 이야기를 작품에 담아 쓰기도 하고, 젊은 세대에게《가브리엘 보고서》나《거의 모든 것의 거의 아무것도 아닌 이야기》같은 철학적 고찰을 전하기도 했다.

2003년에 발표한 이 작품《살아 있는 것이 행복이다》는 작가의 삶을 이야기하고 있고, 그의 죽음을 미리 느껴보게까지 한다.

2005년 《눈물의 축제》로 참신함에 도전하고, 2006년 《세계의 창조》로 비평계가 기다려 왔던 새로운 장르의 소설을 발표하기에 이른다.

유쾌한 경박함과 속 깊은 진중함이 경이롭게도 동시에 묻어 나오는 이 노년의 작가에겐 고통도 미소천사이며, 하찮은 티끌도 눈부신 빛의 세계를 전하는 귀한 도구이다. 그가 언급한 책들이 전부 읽고 싶어지는 건 그의 말에 쏙 빠진다는 것.

삶이 씁쓸하고 조글조글해져 기운이 없다면 한 권 권하고 싶은 보약 같은 책이다.

김은경
상명대학교, 전남대학교 강사
상명대학교 불어교육과 졸업
파리 3대학교 불문학 석사, 박사
논문: 〈《마태복음》에 나타난 문학적 아이러니〉
〈마르그리트 뒤라스 작품에 나타난 신체언어, 제스처〉
〈뒤라스: 기억과 망각의 신화적 소통〉
〈이미지의 생성과 확장〉 외 다수
역서: 《배신자》《희망의 사람들, 라르슈》

Romance   *Sketch*

살아 있는 것이 행복이다

초판발행 : 2010년 10월 10일

東文選

제10-64호, 78. 12. 16 등록
110-300 서울 종로구 관훈동 74
전화 : 737-2795

편집설계 : 李姃룡

ISBN 89-8038-639-0 04860